生命元素

赵德印 著

群众出版社
·北京·

图书在版编目（CIP）数据

生命元素／赵德印著．—北京：群众出版社，2013.5

ISBN 978-7-5014-5124-1

Ⅰ.①生…　Ⅱ.①赵…　Ⅲ.①诗词—作品集—中国—当代②散曲—作品集—中国—当代　Ⅳ.①I227

中国版本图书馆CIP数据核字（2013）第089032号

生命元素

赵德印　著

出版发行：群众出版社
地　　址：北京市西城区木樨地南里
邮政编码：100038
经　　销：新华书店
印　　刷：北京蓝空印刷厂

版　　次：2013年5月第1版
印　　次：2013年5月第1次
印　　张：10.5
开　　本：880毫米×1230毫米　1/32
字　　数：180千字

书　　号：ISBN 978-7-5014-5124-1
定　　价：38.00元

网　　址：www.qzcbs.com
电子邮箱：qzcbs@sohu.com

营销中心电话：010-83903254
读者服务部电话（门市）：010-83903257
警官读者俱乐部电话（网购、邮购）：010-83903253
文艺分社电话：010-83901330　010-83903973

目　录

潮白河畔的赤子诗情（代序）／1

第一辑　现代诗

我们和田野／3
我能回忆起／5
田园畅想／7
潮白河畔有我家／9
好农民的幸福／11
绿色国际港的原野／12
乡村黎明／13
乌镇印象／15
布尔津的秋天／17
秋景颂／19
花生／20
西瓜秧／21
十月枫叶／22
空调／23

我的自白 / 24
今天·明天 / 25
机遇 / 26
望月 / 27
故乡红豆 / 29
耕耘者 / 31
故乡泥土 / 32
人生是一种信念支撑 / 33
乡村的七月 / 35
一样的精彩 / 36
永远流传的真实传说 / 37
献给奥运赛事失败的英雄 / 39
温榆河畔的姑娘 / 41
2008 年　印在我心上的图章 / 43
春雨 / 45
我思念 / 47
潮白河是首激情的诗歌 / 48
回忆从前 / 50
祖国　十三亿中国人民的骄傲 / 52
风筝的性格 / 54
思念牛栏山 / 56
汉石桥湿地 / 58
秋雨 / 60
菊花海 / 61
燕京姑娘 / 62
回忆党员先驱 / 63
写给党的九十岁生日 / 65
仰望你潮白河　守护你首都水脉 / 68

仰望党旗　回眸往昔 / 73
莲鱼岛边凝望安静的莲 / 75
大漠流沙 / 77
京东大杨各庄的红薯 / 79
京承高速 / 80
桃花相伴龙年春天 / 82
十字绣 / 83
生命元素 / 85
家乡的草莓 / 86
感言阳关 / 87
爱的方向 / 89
中秋之夜 / 90
无言 / 91
享受秋色的生命情意 / 93
南飞雁阵 / 95
秋天的风车 / 96
咀嚼京郊之夜 / 97
母亲的菜园 / 100
我心如琴 / 102
牛栏酒镇 / 103
从燕山到燕山 / 105
京东大芦荡 / 107
你是一种文献 / 108
你给我百日会战的思绪 / 109
公安岁月 / 111
猴年的硕果等我们共同采摘 / 113
钻石 / 115
给好警嫂 / 117

城市守护者 / 120
中原 / 121
警察必须知道 / 124
苦与乐 / 126
自豪　我是一名社区民警 / 127
警魂岁月 / 130
作为一名中国人民警察 / 132
守候的白杨树 / 134
交警　四季里的保卫者 / 136
给夏日街面巡警 / 138
平安奥运铸就我的金牌 / 140
我骄傲我自豪　我是首都公安一员 / 141
金砂 / 142
大孙各庄　这片深情的热土 / 144
十月一日　写给亲爱的祖国 / 146
十月心得 / 148
古镇派出所民警 / 150
我骄傲　我是一名履责公共关系的警察 / 152
六月抒怀 / 153

第二辑　格律诗

故乡感言 / 157
咏龙 / 158
西湖新茶 / 159
夜宿承德离宫 / 160
雁荡山 / 161
游金海湖 / 162
端午节 / 163

途经杨镇 / 164
西湖绿水 / 165
游顺义北大沟 / 166
太平山色 / 167
安利隆生态园 / 168
华北行 / 169
文竹 / 170
黄河壶口瀑布抒怀 / 171
延安抒怀 / 172
喜鹊登枝 / 173
虎门感怀 / 174
杨镇古街 / 175
新城水仙 / 176
雨后白河景致 / 177
红枣 / 178
秋雨·彩云 / 179
白河泛舟 / 180
秋日 / 181
婺源油菜花 / 182
夏游雁西湖 / 183
月环食 / 184
焦庄户革命纪念馆 / 185
咏京东大芦荡莲花 / 186
牵牛花 / 187
粽子节感怀 / 188
平谷桃树园 / 189
观荷咏莲 / 190
游牛栏山 / 191

秋日郊游 / 192
温榆夕照 / 193
清晨 / 194
秋菊 / 195
登北海白塔 / 196
感受国庆节 / 197
秋日兰花 / 198
游京东金海湖 / 199
绿港咏菊 / 200
京郊秋色 / 201
顺义农家 / 202
登绿港高楼远眺 / 203
彩虹桥题照 / 204
聆听古筝 / 205
七夕随想 / 206
北京国际鲜花港 / 207
北务菜园 / 208
秋晨 / 209
白龙潭问月 / 210
北国月季 / 211
晨雾 / 212
秋入安利隆拾笔 / 213
高国镜《田园古韵》读后 / 214
顺义三山新居 / 215
蝴蝶兰 / 216
密云白河夜景 / 217
故乡炊烟 / 218
妻弹古筝 / 219

望星空 / 220
中年志 / 221
黑龙潭瀑布 / 222
咏顺鑫度假村槐花 / 223
夜乘天竺机场航班有感 / 224
咏京承高速 / 225
墙头草 / 226
回故乡 / 227
碱河暮色 / 228
长山颂 / 229
中秋圆月 / 230
俯瞰顺义 / 231
农家乐 / 232
慈母 / 233
秋收 / 234
旧友重逢国际鲜花港有感 / 235
顺义和谐广场晨练 / 236
夫妻吵嘴 / 237
龙年咏龙 / 238
鑫海运通购物广场 / 239
潮白河春景 / 240
白河彩灯 / 241
龙年春雪 / 242
纪念杜甫诞辰1300周年 / 243
燕子归来 / 244
老屋之恋 / 245
盘山怀烈 / 246
贺顺义文联成功换届 / 247

重游金海湖感怀 / 248
“七绝”两首 / 249
内蒙古锡盟夜色 / 250
陇西油菜花胜景 / 251
西域油菜花 / 252
嘉峪关随想 / 253
咏神舟九号飞天 / 254
惊雷劲雨 / 255
欣赏 / 256
秋日登良山 / 257
重游故乡 / 258
中秋回故乡 / 259
颂顺义 / 260
绿港秋景 / 261
香山红叶 / 262
登绿港高楼远眺 / 263
游平谷大华山 / 264

第三辑　词与曲

天净沙·承德避暑山庄漫步 / 267
如梦令·菊花情定 / 268
江城子·游密云水库 / 269
行香子·腊梅 / 270
玉楼春·夏之酷暑 / 271
踏莎行·盘山 / 272
西江月·游昆明湖 / 273
鹧鸪天·给警花 / 274
卜算子·雨景 / 275

蝶恋花·恨别七月 / 276
清平乐·望夏 / 277
鹧鸪天·重回北京德胜门外警校感言 / 278
沁园春·顺义颂 / 279
鹧鸪天·北京国际鲜花港菊花节 / 280
牛栏山抒怀 / 281
浣溪沙·咏白龙潭 / 282
浣溪沙·绿港秋荷 / 283
南歌子·秋游随想 / 284
凤人松·龙潭湖公园之行 / 285
水调歌头·秋游牛栏山 / 286
行香子·秋游香山 / 287
玉楼春·春色 / 288
浣溪沙·顺义绿港行 / 289
踏莎行·赞巡警 / 290
顺义龙凤山流芳 / 291
江城子·游颐和园昆明湖 / 292
行香子·京东大芦荡 / 293
蝶恋花·绿港 / 294
水调歌头·重游北国长城 / 295
游顺义安利隆山庄有感 / 296
鹧鸪天·观顺义新老铁路 / 297
鹧鸪天·同学聚会心语 / 298
鹧鸪天·故乡行 / 299
西江月·观顺义滨河社区宣传墙 / 300
踏莎行·秋游橘洲 / 301
点绛唇·温榆杨柳 / 302
卜算子·秋景 / 303

临江仙·金秋绿港 / 304
浣溪沙·农家赏秋 / 305
清平乐·秋游北京碧云寺 / 306
清平乐·雨后秋夜 / 307
鹧鸪天·赞三伸腰稻 / 308
临江仙·莲花山滑雪场 / 309
浪淘沙·颂扬十八大 / 310
点绛唇·爱心连连 / 311
临江仙·金秋与重庆朋友游览潮白河 / 312
渔家傲·题秋思 / 313

潮白河畔的赤子诗情(代序)

李小雨

赵德印是北京潮白河畔的一位警察，他同时也是一位感情真挚的诗人。他的诗都是来自他熟悉的生活，来自他故乡泥土的底蕴，来自潮白河涌动的诗意，来自大地孕育的生生不息的生命景象。

水、土、阳光、五谷草木及他内心涌动的火焰成为他诗歌的元素，这些元素也同时构成了他生命的元素。用生命的元素去写诗，可见浇灌了他生命之源的诗歌，会长得多么郁郁葱葱、茁壮旺盛。

读着他的诗稿，我愿将爱与美作为又一种元素，加入他的诗中。他的诗多种多样、内涵丰富、选材广泛，但都充满了芳香的泥土气息。他感到劳动的幸福："毛孔里爬出的汗水在记录幸福/月光上坠落的汗水在温润幸福/剪刀一样分割呼吸遥感幸福/整日伴随阳光是在感受幸福"（《好农民的幸福》）。这是一个农民的幸福，也是一个诗人的幸福。赵德印用毛孔里爬出的汗水记录诗情和幸福，试想如果一个人毛孔里流出的不是汗水，他怎么可能会幸福呢?

与大地保持血肉联系，紧密些，再紧密些，寻找幸福更寻找根："我并不陌生的兄弟依然穿着胶鞋/在泥泞里舞动铁锨/手背手心间流淌的汗水犹如蜜蜂/汲取着糖浆/我乐观的同胞忙碌在故乡的泥土之上/而我在目遇的幸福中疯狂/捂着思想躲在玉米与玉米之间/不断地感伤/劳动的生命在时空潮汐激情奔放”(《故乡泥土》)。在这首诗里，我们再次读到汗水和幸福的独特构思，劳动就是劳动者在酿蜜、采蜜。虽然故乡的劳动者也有感伤，但故乡在季节的轮回中也有自己的永恒与远方。遥望着，就这样，有点感伤的诗人在写诗中也变得非常幸福了。

农家是古老的，也是四季变换最真实的感受者。村庄是神创造的，它有很多秘密、回忆。“许多美丽的回忆/埋藏在田埂与田埂缝隙/演绎着甜美的梦呓/太阳光缠紧了田园之门/破译着农家信息/诠释着丰收的秘密”(《耕耘者》)。这种回忆和秘密，使诗人的语言灵动柔软起来，使诗歌的阳光充沛起来。

赵德印的诗善用形象和细节表现生活，这些经过提炼的典型的细节，犹如一幅幅美丽画面，说明了诗人对生活的敏感和概括的能力：“两头惹人怜爱的小羊羔/叫醒了夏天的太阳/古老的村庄/释放着丰收之前的欢乐/偌大的白杨树丛中央/小猪崽拱开了长草的土壤/以至让田野奔放/母鸡抖动着羽毛作响/啄动草料尽情欢唱/绿油油的麦浪/鼓动着田野的声响……”(《乡村黎明》)。这充满了人情味的广博画面，打动了多少人的心弦！

村庄里躺着永恒的诗意，诗人只要一回想就可能“偶得之”。对于一个乡村赤子来说，“黎明一直是乡村的新娘/故乡的风儿吹醒阳光”，诗人用华北平原的胸膛，热乎乎地蘸着黎明的曙光写下新鲜的散发着草香的诗行。

中国传统哲学有五行学说，五行即金木水火土五种元素互生互克，运行万物的生灭轮回。在这本诗集里，水就是作者反复歌唱的潮白河及温榆河、大芦荡，水就是生命的乳汁。作者出生在潮白河畔，这条河像母亲一样养育着他。母爱的真挚，亲情的温暖，被他融进了花样的诗行：“美丽的潮白河畔有我家/绿柳传涛声/白杨送清风/稻谷飘馨香/窗前鲜花港……”(《潮白河畔有我家》)。

潮白河作为北京东北部的著名河流，不仅盛开鲜花也出产着诗行。作者在《仰望你潮白河　守护你首都水脉》中一声声呼唤，就像贺敬之先生的《回延安》那样深情："我依然在守护/守护着你　首都的粮仓/尽管饱尝了岁月的艰辛/却承载了满满收获的食粮"。

这条河本身就是一首诗歌，一篇童话，一部交响乐章。作者在《潮白河是首激情的诗歌》中激情饱满地歌颂着永恒的乐章。

河流好像从回忆中流淌过来，一直流淌到现实世界里。赵德印就生活在活生生的现实中，他将回忆变成现实的一部分，又将现实变成了诗歌。他是虔诚的。

"一束残若星豆的萤火/默默跳动在荒寂的旷野方向/浸润着每一颗虔诚祈祷的灵魂/……站在与梦等高的潮白河岸边/凝望着顺义小城纷纷掉落的花瓣/依稀又回到了从前的诗行"（《回忆从前》）。回忆的炊烟和现实的脚印叠加，使诗人的思绪像河流一样贯穿起来，乡村的四季从而流动起来。这些诗情画意的美，使他的诗明亮、温暖、向上，给人以精神的抚慰。

春雨和秋雨落在河流中："我才从严冬中走来/你已提一篮鲜花伫立我面前/就如我的梦一样/被雨浇得绚丽多姿"（《春雨》）。尊贵的春雨像梦一样站在门前，穿过漫长的冬夜，当你摸到一滴春雨的时候，鲜花就忽地一下盛开了，冬天远去了。这想象多么新鲜！

而秋雨是另一番景象。"那些感动我的雨帘/滑过我的脸庞/敲动着潮白河的船桨/在一座红亭里打坐沉香/淡定而坦然/理顺着秋雨缠绵的诗行"（《秋雨》）。秋雨也是诗行，夏雨、冬雨也是如此。一颗雨滴，映射四季的不同、人生的冷暖。

赵德印的乡土诗十分全面，有故乡母亲的菜园、有新鲜的草莓、有鲜明感情色彩的季节、有五谷的丰收、有自由生长在水草边的白杨，连花生都延续着世代的真诚。这些在生命元素中都属于木的范畴，一草一木总关情。

水和粮食酿成酒，牛栏山的二锅头，也是作者家乡的产物。酒是水和火与粮食草木的三位一体。

生命元素也延及了他生活的轨迹。他是一名警察，外刚内柔，他把爱藏在内心。这脉脉诗情也随着他的高大身影走遍顺义的每一寸土地：走出故乡的小村，来到工作的乡镇，感情没有变，都是一种永远的热爱，因为这同样是深情的热土。

“大孙各庄镇情民风/大孙各庄真心沃土/心里的万语千言/快乐而不觉得苦/……无论风雨　无论霜雪/无论恶霸　无论邪恶……”（《大孙各庄　这片深情的热土》）。这依然是作者无私的奉献，难忘的岁月拼搏。作为警察，在《古镇派出所民警》中，诗人成为调解员、说事者，连李家狸花猫挠破张家的黄瓜都可以引起纠纷，需要诗人去化解，事无巨细。赵德印就是在平凡的工作中，一边为人民服务，一边发现诗意，任劳任怨、不知疲倦地守护一方平安，化解村庄里的矛盾。诗作仍然延续着他对故土的热爱，对父老乡亲永不改变的亲情。这种诗意也正是老百姓愿意阅读的、领悟的。

有一种魂叫警魂，作者在写给战友任长霞的诗篇中就闪耀着这种精神：“中原的风/吹动松柏震颤/而那中原的照片/依然释放着新鲜/立在嵩山俯瞰/俯瞰中原/我要顽强地呼唤/企望能把你保存永远/印进记忆的深潭”（《中原》）。

在这里现实成为记忆，记忆成为历史。

赵德印的诗内容广博、形式多样，歌咏乡土，歌颂党，歌唱祖国，歌唱警魂。他现实主义的诗风，使他不仅对新诗有所创造，对传统诗也有多种尝试。他的格律诗有韵、易读，朗朗上口，同样具备了形神兼得、简练明快、亲切感人的特点。

他不仅能用新诗放歌，还能填词作曲低吟浅唱。他是一位能把新诗旧体和谐统一的作者，这表明了他具有较强的文学功底和诗歌基础。

克家先生曾说过：“我是一个两面派，新诗旧诗我都爱。”新诗、旧体是诗人的两个翅膀，我们祝愿诗人赵德印在今后的创作道路上佳作连连，展翅高飞!

（李小雨，著名诗人，原中国作协《诗刊》常务副主编，现任中国诗歌学会副会长兼秘书长。）

第一辑　现代诗

我们和田野

像喜鹊迷恋秋天时光
像孩子吸吮娘的乳房
我们和田野相依相伴
享受着田野溢香

我们曾是田野养育的儿子
田野呦　是我们的挚爱亲娘
充满亲切　充满梦想
赋予我们田野性格　田野希望

我们是田野磨炼的社员
田野呦　永远是我们的感情起点
徜徉田畦　走过沟沟坎坎
亲眼验证丰收的景象

我们是田野造就的耕耘者
田野呦　是我们的成长本色
辛勤的汗水　打造了坚强的性格
辛勤的汗水　记录了丰收的时光

啊　我们和田野一样平凡
承载着农家的梦想
铸造着我们钢铁般的脊梁
丰富着漫漫田野的诗行

我能回忆起

我能回忆起
你上个世纪的神情
因为对于你
我永远都不会陌生
紧握钢笔的手盈满心愿
那是对共和国的一腔情意

我能回忆起
你上个世纪七十年代的神情
因为那时的你刚出生
所有童年的思绪
都能体验出幼稚时期
枯涩涩的奶汁

我能回忆起
你上个世纪八十年代的神情
因为你伴随崭新的黄土地
亲历了划时代的变迁
所有真实的经历
都成为了历史的见证

我能回忆起
你上个世纪九十年代的神情
因为你在抒情的荣誉里释放神气
双手掬紧闪亮亮的真挚
用一种符号标注成长的意义
用一种生活丰富无边的真诚

田园畅想

关于田园的集合
我的思维
如同印满的一个个方格
粘连紧标注字数的稿纸
只觉得生活的墨水
好苦　好涩

今日　该不会
又要爆出意外的欢乐
于是　让我
悄悄伏在田埂一侧
轻轻体验故乡的本色
体味农家生活的诗歌

然而　我也真想品得真谛
哪怕只是望见一抹车辙
相裹
爱情的揣摩
伴随思恋的马车
润进久违了的田园心窝

默默徜徉于
农家庄园的靓丽画册
心血融合老农的烟袋锅
将切合实际的举措
转化成了北方的叙事诗
淡化掉了墨笔的苦涩
最终写进了历史的长河

潮白河畔有我家

少年的时候我离开家
告别了慈祥的父母
我的心便开始流浪
历经数载风雨沧桑
走到哪里呀也难忘
美丽的潮白河畔有我家
绿柳传涛声
白杨送清风
稻谷飘馨香
窗前鲜花港
昔日身前儿孙笑
今夜星斗挂天边
问一声老爸老妈都安康
可知儿子日夜把你牵挂
秋里枫叶红似火的画面
落在红砖红瓦的家门前
捎去我梦中几多问候几多情话
潮白河畔我的家
故乡的小路引领我回家
走过老屋寻旧梦

故人故里故园
乡音乡土乡情
走到哪里我也能认出你
美丽的潮白河畔我的家
书声催晨光
牛归醉晚霞
荧屏牵彩虹
沿河产甜瓜
今朝亲情浓似酒
明天生活美如画
招呼一声远方的亲人
请您尝尝醇香的牛栏山二锅头
激情畅饮几瓶“汇源”“牵手”
捎去燕京人真诚问候真心情话
驾驶现代轿车奔走天涯海角
春风春雨润心田
血脉难舍的黄土地
生出了游子啊几多希望和牵挂
美丽的潮白河畔就是我的家

好农民的幸福

九州里的农民辛苦
源于他们总在追求一种幸福
好农民不愿流露
只有汗水在悄悄记录

毛孔里爬出的汗水在记录幸福
月光上坠落的汗水在温润幸福
剪刀一样分割呼吸遥感幸福
整日伴随阳光是在感受幸福

绿色国际港的原野

站在二十里长山山顶
极目纵横
望不到边际的绿色棋盘
宛如宁静的港湾
漫遍如波如涛的顺义田园
每一个坐标
都在记录点点绮丽的
乡村百姓的诚实厚道
每一个角落
都在浸透丝丝柔情的
绿港人们的温和勤劳
尽情展现
华北沃野的如画风景
如画风景的甜美笑脸

乡村黎明

在淳淳朴朴的妇人腔
以及无拘无束的欢笑上方
两头惹人怜爱的小羊羔
叫醒了夏天的太阳

古老的村庄
释放着丰收之前的欢乐
偌大的白杨树丛中央
小猪崽拱开了长草的土壤
以至让田野奔放
母鸡抖动着羽毛作响
啄动草料尽情欢唱
绿油油的麦浪
鼓动着田野的声响
鱼池里雨花般的激昂
荡漾着鱼儿啧啧的清唱
丈夫从飘扬的柳枝一方
牵出了耕牛造就的图像
啊　出锅的酒糟

飘出了一阵阵积淀的醇香
让无数过路客细细品尝……

黎明一直是乡村的新娘
当故乡的风儿吹醒阳光
那华北的胸膛
便会用情构筑的桥梁
承载牛郎织女的渴望
用爱心体验夏日的诗行

乌镇印象

我目光里的小镇
浸润着岁月的纯真
飘动着梦一样的思绪
把人拽回古老悠远的记忆

眼前的楼台酒旗
袒露着永不衰老的江南风情
立在双街隔河的石桥一隅
瞳孔里游弋的一切尽是欣喜

亭宇里的古筝琴弦漫步清音
飘洒着江南淑女的悠悠琴心
无拘无束　文化传承的功底
裹扎着永远唱不完的评弹昆曲

轻雾缭绕的视线里
摇来渐行渐近的乌篷小船
戴斗笠的少妇舞动着船桨
运载的美酒　菱角甜食一路飘香

犹如步入一幅当代画卷
体验着水乡画墨的质感
画幅中　驻足凝望的先人
也许正在体验纯情古典

聆听清风徐徐　流水潺潺
欣赏从小桥穿过的流水声读书声
目睹孩童嬉戏　男欢女爱的场面
亦真亦幻　让人流连忘返

布尔津的秋天

北疆秋天的彩霞
宛如维吾尔族少女头上的发卡
固定了整个中亚
秋日的浮尘被风移走
让苍穹露出底版
袒露出纯净净的蓝
云朵和羊群一起漫步
阿尔泰的山峦
伴着七彩斑斓
映射着坚果的璀璨
湿冷的薄雾水烟
扯紧了布尔津河
掀动着奔涌的额尔齐斯河
而旁边的沙漠
正追赶着野驴和美女之蛇
寻觅着胡杨林的景色
大漠驼铃的呼唤
在广阔的空间里传播
柔情释放着积蓄的思恋
让万千观光游客

沉浸于清脆滴水的恬静音色
让喀纳斯、雪山、棕熊、白桦林画面
一起走进若隐若现的光影集合
装点秋天的布尔津县
你一定会望见
晶莹剔透的水天一线
以及热情的土著居民的期盼

秋景颂

夏天的庄禾已经变黄
我和父亲准备好了镐镰
在属于自己的责任田
为收割丰收摩拳擦掌

秋色轻松地描绘着金鸡河畔
秋风轻盈地穿透着河床
秋景里蕴涵着金色的庆典
玉米泛香
高粱摇晃
豆秧儿绽开笑脸
如今的京郊粮仓
依然是北京的乌克兰
史上有记载的文章
永远记录着秋色秋风秋香
相融新时代的农业观光
世上有情有义的新郎新娘
全都坐车或是徒步赶到了农乡
让龙年春天释放的希望
在秋天里实现梦想
最终聚会于北京顺义——绿色国际港

花 生

一粒小小的精灵
延续着世世代代的真诚
应该赞美你微小的存在
一粒花生也懂得生活的真爱
朔风　呼唤你青春的生命
让你在泥土之中
选择沉默积蓄丰满的心怀
而后伴随着阳光
从土壤之中悄悄出来
放声自己的音色天籁

哦　在华北平原之上
遍地的花生点缀着田海
处处祖露着人间真爱

西瓜秧

一棵西瓜秧
能够成就母亲的梦想
两棵西瓜秧
连紧父亲和母亲的金婚篇章
……
十棵西瓜秧
呈现出一个家族的繁荣兴旺
而京郊田园的一万、十万棵
甚至更多的西瓜秧一块成长
甜蜜　便会润进来自八方的
品味古都五味儿的游客心房

十月枫叶

远远地望去
就是很艳很艳的感情释放
它躲在树的一端
默默无言
毫无掩饰地袒露亮丽容颜

已近寒秋的十月呀
因为你缄默地展示红色脸庞
惹得众人
全都围在你的身旁
这才使得偌大的北方
有了一种别样的景观
一看上去
就让人有心动的情绪
迸发一种异样的爱恋

空 调

空调　挂在墙面
宛如没有主心骨的
一个喜好张扬的标点

空调　转起时的风鸣
掩盖了满屋的心愿
或是激动或是坦然
夏天　阳光窥视窗边
牵引出了燥热时的凉爽企盼
冬天　阳光洒向桌前
将制造温暖的方法记录在案

空调　立在小区之间
一个长方形百宝箱子
承载着人间冷暖

我的自白

我曾经作过
今后也还要作
因为
我
是一个永远活在
希望集合里的我
我曾经写作过
小说　散文　诗歌千余篇……
也曾出过几本不太满意的著作
未来还会滋生许多心得

为了生活而写作
为了写作而生活
这就是一个
实实在在的我

今天·明天

眼前的今天实实在在
明天却是今天的未来
未来是今天的进行曲
跳跃的音符让生活不再沉重

今天的追求是希冀的未来
未来的希冀承载着明天的成功
仔细聆听周围人们的心声
生命的音节就会有情感萌动

今天的收获是明天的铺垫
明天的财富是今天劳动的结晶
扯动着故乡永恒的坚定
积攒灵感的意义就会无穷

机 遇

时代赋予了我作家的生命
我将忙碌警察人生

望 月

当年　李白把酒望月当歌
邀你举杯对酌
不知你还是否记得
在同一片苍穹下
诗仙显得格外潇洒
依稀见他品酒　吟诗　对歌
以此抒发他人生的心得
排遣积蓄在他心底的寂寞

今晚　晚辈也来望月
邀你同我
一并在我的书房前静坐
用你的思绪冲击我这颗
我这颗不眠的心叶
让我把人生积贮的文学组合
悄悄地　悄悄地用真情向你述说

在没有知音的夜晚
连天上的星星也会变得黯然
在没有爱情的岁月

生活也就只有苦涩
为此　在这煎熬我的夜晚
我只拥有月光的抚摸
渴望故乡那条流淌的大河
洗涤我激荡的心的焦灼

是的
今晚的月光确实明亮
让我更加思念故乡
月亮呵月亮
请你捎上我的愿望
带着我真心的嘱托
去告诉山前的农家
还有篱笆墙上盛开的花朵……

故乡红豆

故乡红豆有故乡的情思
北京红豆有北京的性格
在一望无垠的华北原野里
等待春的到来
在暖意融融的春风中
从不把时光蹉跎
你终于绽开了嫩芽
绽开了对春天的无限希冀

风雨中长大了
日光下成熟了
你的体魄更加健美
你的生命更加蓬勃
你的理想更加远大
你的思想更加红火

摘一串
依然存有故乡的相思

举一杯
情愫中更有北京的赞歌

呵，红豆……
还是让我放声珍藏在心底的乡音
亲切地叫你“人生情窦”吧
依偎在燕山山脉上的火红生命
站在华北的山脊
怎能不为故乡放歌

耕耘者

许多辛勤的庄稼人
生活在祖宗传给自己
能够产出财富的土地里

许多美丽的回忆
埋藏在田埂与田埂缝隙
演绎着甜美的梦呓

城里郊游的人问
丰收的景象是何样子
金黄的场面何时来临

太阳光缠紧了田园之门
破译着农家信息
诠释着丰收的秘密

一片宁静的小村
展示着拔节长高的标志
网罗着世界新闻

故乡泥土

秋日的风吹动着故乡敞蓬的风车
碾碎的往事吟诵着潮白河岸边的歌谣
我用现代轿车拉着一片小木舟
让我在故乡的水汽里体验
可爱的新娘在古亭边将红烛点亮
然后捧一片枫叶从秋季里走向远方

我并不陌生的兄弟依然穿着胶鞋
在泥泞里舞动铁锨
手背手心间流淌的汗水犹如蜜蜂
汲取着糖浆

我乐观的同胞忙碌在故乡的泥土之上
而我在目遇的幸福中疯狂
捂着思想躲在玉米与玉米之间
不断地感伤
劳动的生命在时空潮汐激情奔放

人生是一种信念支撑

信念能够支撑起很多东西
能够不忘自小构造的理想
以及一生追求的饱含希冀的诗行
是一种令人鼓舞令人奋进的信念支撑

但人生中更多的是人流中匆匆而过的路人
洒满阳光的屋檐下同是纳凉的陌生人
昏暗的路灯下等候着同一路车的夜归人
他们都是因为有一种信念的支撑人
甚至于苍穹中两只飞鸟能够在蓝天中不期而遇
也是因为有着奔向同一个目的地的信念支撑

不是每个人都借助一种信念支撑
也不是每一个追索的人都可以抓住信念支撑
如果没有信念支撑
也许人生路头路尾难以相见
如果没有信念支撑
即便朋友也会行色匆匆远隔天涯
人生途中有太多的不可能

一个错误的念头一次错误的决定
往往便可能拥有或失去一次信念支撑

选择了爱情是因为一种相濡以沫的信念支撑
而选择了不爱也是因为天各一方的信念支撑
人生轨迹如此　生活方圆亦如此

有的人就像是上海滩边上的路标
有终会在黄浦江边相遇的信念支撑
与心爱的人相遇的那一天
就是信念支撑起来的快乐幸福的起点
相爱的日子便会享受到信念转换的无尽的甜蜜

常在睡梦与醒来的时刻让信念支撑想起
如湛蓝的海水般反反复复涌动不息
想到与爱人相遇的心动　相知的欣喜
想到与爱人相守的幸福以及相许的期冀
一种感动让信念支撑起一串爱的信息
伴着客厅桌前茶茗里的缕缕清香
绕我享受信念于宁静一方
知道无法和你在一起
依然为你的幸福而祷告
知道今生缺乏信念支撑相恋
依然庆幸在茫茫人海中和你的相遇
想着因为从前铸就的一种信念让采弦绕上月华
拨动一种难忘的流水芬芳
把丝丝柔情遣为千山万水间
那条充实而又幽远的旅程……

乡村的七月

一个适宜释放情感的时节
让徜徉乡间的喜鹊
把乡村的七月
剪得诗情画意

池塘里的荷花刹那亮了
一朵朵让人晃眼
一点点让人心醉
负责的护花人
赶着季节
追着花香
在乡村的花海深处吟唱
引得翩跹蝴蝶也来追问
这满目的花儿
在为谁表达心意

从心跳到心跳
在芬芳与甜蜜之间
融进阳光的真谛
幸福无可表白
心房尽是甜蜜

一样的精彩

——写在残奥会开幕之际

二百零四个国家和地区的贵宾
刚刚离开
北京便再次敞开胸怀
五环闪烁　夺目光彩
五大洲的残疾朋友
牵手走来
聚出一种情愫
赛出一种风采
拼搏是坚强的注解
乐观回报爱的世界
水立方　映出刚毅的姿态
鸟巢　擂响不息的喝彩
追求是无尽的台阶
汗水结晶的奖牌
成与败
都是人生的色彩

永远流传的真实传说

在我童年的时候
我就曾听过妈妈高声唱着赞美你的歌
在我少年的时候
我就曾听老师说没有你就没有新中国

回顾你经历过的 91 年生活
在艰苦卓绝的岁月里
你是一团永不泯灭的火
温暖着人民的心窝
在革命峥嵘的时光里
你是一点燎原的星火
铺就了今天的幸福生活
在和平年代里
你是一盏长明的灯
照亮了人们前进的征程
在改革开放的春天里
你是一面飘扬的红旗
用真诚靓丽了壮美的山河
在发展经济的岁月里

你是一台计算机
用科学管理创造着中华杰作

没有你就没有新中国
这是一个永远流传的真实传说
这是天安门广场的历史心得
任时光流淌　岁月穿梭
任沧海桑田　人生蹉跎
你在我们血管里澎湃
你在我们心头上铭刻
你用饱含深情的笔墨
写下世纪里一首不朽的赞歌

献给奥运赛事失败的英雄

奥运不只是冠军的盛事
更是所有人的盛事
因为你和他一样
汗水湿透四年辛勤的记忆
只是这一刻
你的眼里涌动的
却是和他不一样的泪水

你在鲜花的背后
从容地面对欢呼的背影
就让我用夏天一枚平凡的绿叶
走进你被忽略的坚韧
就让我从淡定的黑咖啡苦涩的滋味里
和你一起将淡淡的失败冲的更淡

风说　我用真情在低低地歌唱
轻柔的风吟
将你付出的真情
填满四年训练的辛劳
花语　我用生命的美丽点燃激情

艳丽的花殇
将赛场上你的激情
尽情地绽放
雪言　我用生命的流动诠释坚韧
执着的雪舞
把你拼搏的精神升华提升
月示　我用光华寄满千里的挂念
清凉的月明
把我们对你的支持遥寄

千里之外　你颤动的心情
在表情的平静之外
就让我们　挥动坚强的翅膀
将失败的记录远远甩开
就让美丽的梦想
在你的心上重新自由地飞翔
笑一笑　失败从头再来
拼一拼　人生无怨无悔
总有一天　你就是天下第一
总有一天　我们都是天下第一
中国加油　奥运加油
我还要为心中的健儿加油

温榆河畔的姑娘

走在古都北部的路上
人们早已习惯在音符里流浪
天空的云在悄悄徜徉
眺望月光跃过华北的清凉
在寂静的温榆河畔
站立着一个似曾相识的姑娘

她靓丽的脸在温榆河水中荡漾
嘴唇漂泊成两片桃花图样
细微微地泛起波光
眼眸里涌动的尽是渴望
以致溅起忽明忽暗的月亮
让我感受到了她的忧伤

是哪一朵花让她迷失了方向
蓝色的蝴蝶折断了梦的翅膀
午夜里未曾雕刻的时光
如同眷恋的歌谣尽情地欢畅

是哪一扇窗埋藏了过往
幻想的乐章弥漫着夜的酒香
寂静里摇曳着燃烧的烛光
仿佛是在孤独地守望放肆地流淌

有没有人像我一样
回忆这道古老沧桑的城墙
在一个漫长的季节里
在心灵深处相思不忘
关于
一个温榆河畔的姑娘

2008 年　印在我心上的图章

大灾大难　大喜大悲
大同大爱　大战大吼
不平凡的 2008 年的历史
日子的利刃
是印在我心上的图章

冰封的南国　中断的通信
阻挡住多少回家的脚步
飞跃的亲情里
汩汩的暖流中
春　依然微笑着走来
走进十三亿人的心房

五月　那次惊天的震痛
毁塌的废墟
生死的离恸
大爱中
挺起民族的脊梁
风　轻轻吹散头顶的阴霾
心愿是升腾在我们心底的希望

八月八日　五洲目光聚焦北京
美奂绝伦的开闭幕震撼世界
一簇圣火点燃了奥林匹克的激情
十三亿人的心血汗水
结晶成金镶玉
让五十亿地球村人
分享追求胜利与和平的喜悦
和谐的旋律
回荡在我们心里

2008　这注定不平凡的一年
感动　激情　拼搏　奉献
欢呼　伤痛　执著　坦然
一圈五彩的年轮
深深铭刻在我的心上

春 雨

清晨
春雨多情地拍打着我的窗户
轻轻地把我从梦中叫醒
让我感觉昨日的梦
温馨如你的问候

我才从严冬中走来
你已提一篮鲜花伫立我面前
就如我的梦一样
被雨浇得绚丽多姿
所有的朝气消失了
你却依然　伴我在这春的季节
那一点点欲望
已发出嫩绿的芽
幻想的雨丝似你的目光
沐浴我下窖的思恋
取出已是老窖般
芬芳四溢

雨一直下
心中的那一滴甘泉
仍然执著地
叩响我早已入梦的心扉

我思念

我思念　那南湖游船上的庄严宣告
我思念　那秋收起义中的刀光剑影
我思念　那八一南昌城的醒狮长啸
我思念　那井冈山头上的峥嵘号角
我思念　万里长征路上的铁血战歌
我思念　遵义会议之中的一缕曙光
我思念　挽狂澜　拯万民　定国运
我思念　过大江　追穷寇　缚苍龙
我思念　建三峡　抗洪魔　收港澳
我思念　世贸盟　奥运盛　神舟升
我思念　银鹰感慨绿色国际港画幅
我思念　奥林匹克水上公园展雄风
我思念　京东大芦荡体验北国风情
我思念　焦庄户地道记录历史丰功
我思念　全民挽手绘祖国秀美蓝图
我思念　九州一统强国谱华夏新章

潮白河是首激情的诗歌

潮白河环绕在金色般的童话世界里——
微风在轻轻地亲吻着她的面颊，让心灵吐露爱的芳香。
细雨在柔柔地拍打着她的身躯，让情感温和而又热烈奔放。
惊雷在阵阵高唱，用歌声为她坚强刚毅的性格增添力量。
闪电在瞬间的璀璨中为她的信心点燃熊熊火焰。
潮白河以她独特的魅力感染着妩媚的春色，绽放着——
春风丝雨花满城，
芬芳争艳疑仙境。
灯火阑珊吻绿色，
缤纷绚丽映春晖。
潮白河以她婀娜的风姿震撼着温馨的盛夏，展示着——
绿港两岸碧波牵，
晚霞润水绣红颜。
莺歌燕舞啤酒节，
中外游客乐开天。
潮白河以她青春的风采演奏着金秋的悠扬旋律，描绘着——
鬼斧神工长山魂，
怀秋抱月风留痕。
顺鑫农业扬四海，
牵手百年迎宾朋。

潮白河以她博爱的胸怀征服了冰冷的寒冬，营造着——
神州瑞雪兆丰年，
万盆菊花入家园，
芬芳姿态百媚娇，
京郊披纱换新颜。
潮白河以她的雄心壮志驾驭着时代的脉搏，奋斗着——
驰骋现代走四方，
独领风骚心不骄。
北京国际鲜花港，
银鹰今日展翱翔。

潮白河以她特有的风韵，宣扬着今朝的灿烂，贯彻着和谐的理念。在这方一千一百多平方公里的热土上，唱响着富饶美丽的乐章，创造着北京东部更加辉煌的未来。

回忆从前

当自己的寂寞遇到悲伤
谁又能在一旁知道
它们最后的结局会是怎样

当孤寂的夜幕遮掩了苍穹月光
谁又会指引
彷徨的心灵正在无休止地流浪

一阵远道而来的秋风
轻轻拂过日益麻木的心房
带走了秋季散落于尘世的彷徨

一束残若星豆的萤火
默默跳动在荒寂的旷野方向
浸润着每一颗虔诚祈祷的灵魂

不妨做一个放风筝的顽童
或是一个坐着秋千数云朵的孩子
让泪水化作盈盈笑涡润湿衣装

燕山泉水在幽冥的龙潭河谷飞溅
倦态的灵魂在内心深处呐喊
如水的月光融化了黑暗的梦魇

站在与梦等高的潮白河岸边
凝望着顺义小城纷纷掉落的花瓣
依稀又回到了从前的诗行

祖国 十三亿中国人民的骄傲

公元一九四九年十月一日
天安门上一个震撼寰宇的声音
在华夏大地响起
他向全世界庄严宣告
中国人民从此站立起来了
人民万岁 祖国万岁
那时的你如雄狮猛醒
气宇轩昂 精神百倍
骄傲 自豪地屹立在世界东方

六十一年的征程
六十一年的沧桑巨变
凝聚着亿万中国人民的心血
曾几何时
你带着迷茫 惶惑
全党全国人民合力求索
终于迎来了又一个春天
一位老人在中国的南海边画了一个圈
他用神圣的笔写下了改革开放的宏伟篇章
一夜之间春风化雨

三十多年　九州河山巨变
天地间荡起滚滚春潮
祖国啊　这时的你
捧出了万紫千红的春天
天涯海角　长城内外
现代化建设号角全部吹响
古老　神圣　美丽的祖国
处处美酒飘香
全世界都在为你的巨变惊叹
你是昂首高亢的雄鸡　唤醒拂晓的沉默
你是冲天腾飞的巨龙　叱咤时代的风云
你是威风凛凛的醒狮　舞动神州的雄风

我的祖国　可爱的中国
你用速度　创造了现代辉煌的历史
你用实力　创造了震惊世界的奇迹
你用勤劳　你用智慧
进行了又一次更加辉煌的开拓
你永远充满希望
面对祖国　我为之振奋为之自豪
面对祖国　人们都在赞赏
神州——人间天堂
拥抱——伟大祖国
你是十三亿中国人民的骄傲

风筝的性格

风筝就是这样的性格
甘愿和风 PK
没有什么可以阻挡飞翔的力量
生命里总有一种抵达芬芳的想象
你是人们飞翔的生命
是人们的梦想
同心向上　追赶阳光
天是蓝色的
翅膀是用来飞翔的
骨骼是坚硬的
人生不能只是梦一场
没有什么可以阻挡灵魂的向上
生命里有一种安静在体味时光
你是人们搏击的信念
是人们的期待
同心向上接近梦想
梦是紫色的
希望是用来放飞的
闪电是短暂的
却留下惊世骇俗的光芒

没有什么可以阻挡承诺的抵达
生命里有一种上升的遥远童话
你是人们寻觅的爱情
是人们的缘分
同心向上接近真实
心是红色的
爱情是用来相守的
路是永恒的
它把承诺凝固在黄土地里
人们让你体验的是风
而你却是天上永恒的风筝

思念牛栏山

母亲鬓角别着的雪花
季季雪白
睡在我的心底
醒着的思念
母亲用手中的针线
密密缝成了窗子
如儿时的补丁
打在斑驳的墙壁上
风干的语言
沉默在乡音浓浓的土壤里
梦幻的影子
停在潮白河两岸的原野上怀想
我是一瓶盈满乡情的烧锅酒水
洒在地下
一朵花　便在心中轻轻绽放
一首老歌便会久远　久远地句句哼唱
飘在玉米秸燃起的炊烟里
萦绕在奶奶编织的土布衣服旁
被故乡野菜收留起来的记忆
盛开在长满蕨菜的牛栏山山脊

母亲背着一捆柴火
像她一样干枯
父亲拿着一把锄头
如他一样勤劳
盛满“二锅头”酒香的日子
散落在牛栏山脚下的垄沟里
无论季节怎样交替
青草仍在继续生长
老屋仍在继续拆除
文字仍在继续记录
空气仍在继续飘浮
我牵肠挂肚的牛栏山边的村庄
曾经我把你写在纸上
如今又将你放在心里

汉石桥湿地

古都北京干渴的目光
远望着京郊大芦荡茂盛的水草
和亭亭玉立的速生白杨

宽阔的顺平路上
时光可以轻易地切换到大杨各庄
悠悠历史的记忆
摄录着北京国际鲜花港
和如今华北平原肺的呼吸
随时可以瞧见这儿人来人往
一片波光粼粼的亮丽风光
歌声　笑声融进绿色怀抱的湿地之上

红亭子　蓝房子
簇拥着游客的影子
只要你敢于大胆地释放
北方爷儿们灵感的心房
便会倾泻出积贮的大爱诗行

一座古都几百年的记忆
不知从什么时候开始
悄悄进入了长久的旱季
不知从什么时候经历
本来是属于我的
高中时代的七百万人口的水色时光
现在却硬要承受两千多万人的叹息
一座本来就缺水的北方都市
让湿地的心怀加快了沉重的肺活量
让久居北京的土著居民近乎疯狂

秋 雨

一袭阳光挽留不住的忧伤
玲珑剔透地从天而降
裹着隐喻的希望
以飞扬的姿势渗出爱的心肠
悄悄坠入华北平原心房

那些感动我的雨帘
滑过我的脸庞
敲动着潮白河的船桨
在一座红亭里打坐沉香
淡定而坦然
理顺着秋雨缠绵的诗行

眺望着绿色国际港
依然听见波音　空客的轰鸣声响
携带着秋雨漫漫的故事
承载着天竺村民的沉思
以及一段翎羽上不断滑行的爱情
最终止步于顺义范畴的首都机场

菊花海

置身国际鲜花港的心房
充分享受故乡的秋天景象
千亩菊花飘香
裹满九州希望
经历春夏秋冬的轮回
再次遥望花海乳汁儿的流淌
闻见游客赞许的语言飘飞
亲身感受菊花的画舫
亲自体验绝世的灵光

秋日的画面融入夕阳
那些花彩染指的姑娘
炫动鲜花港的妩媚
花叶间充盈着魅力芬芳
聆听着她们青春的释放
我会把他们袒露的心扉
透过花海化作十月的散文诗章
将深情厚谊快递到你的家乡

燕京姑娘

飘香的啤酒是来往的朋友
飘香醉人的朋友
是迎接八方来客的美酒

醉　从深层矿泉水里溢流
绿色国际港的深秋
依然可以在神州
在千家万户品到燕京啤酒

车间里的姑娘摁动电钮
便可让酒瓶律动节拍
伴着照进车间的阳光行走
涌动现代节奏

酒吧里的燃烧的火柴
点亮了伴侣眼前的蜡烛
一杯燕京啤酒
便会将故乡的情怀真实袒露

回忆党员先驱

为了让劳苦大众铸就的力量击垮三座大山的“强大”
有多少火热的党员先驱者在鲜红的血泊中熔化
他们倒下的是信仰者的身躯
托起的是一代代伟大

为了将幸福生活的永恒延伸成百姓的企盼
有多少中共党员在追索中成就心愿
他们失去的是自己的生命
换来的却是新中国的笑颜

他们面对生死所说的每一句话
都是这世上最感人至深的表达
他们面对抉择所做的每个举动
都是记忆中最动人心魄的击发

他们也想保证人身安全
但危难却总挡在安全前面
他们也想享受另外一种幸福
但用生命化解的危险却比幸福更加绚烂

为了肩上那份责任
他们必须放弃对生的眷恋
为了心中珍藏的那枚党徽
他们必须面对死的考验

为了一份至死不渝的新中国的爱情
他们可以从 1921 年的最初坚守到永远
为了一种坚不可摧的信念
他们用一个共产党员的誓言传承心愿

我们不会忘记历史的记忆
不会忘记他们用优秀共产党员生命创造的伟大
更不会忘记在他们的身后
还有那么多可爱的群体需要牵挂

这就是我们共产党员这个团体
这就是我们团体中的人民英雄
九十载的风风雨雨
数十万璀璨的生命在追求信仰中倒下
他们把永久的怀念留给自己的家人
却把幸福印进中华人民共和国这个大家

写给党的九十岁生日

中国共产党迎来了九十岁的生日
九十年，像波涛汹涌的长江
你有着激流勇进的斗志
也有着随欲浮沉的胸怀
你的心脉汇入浩瀚的海洋　生生不息

九十年　像气势磅礴的黄河
你有着追风逐浪的澎湃
也有着沧海桑田阅尽苍穹的豪迈
你的青春热血在沸腾中前进　再前进

九十年　像一个个层层递进的音符
你有着高低起伏的生活节奏
也有着深远悠扬的难忘岁月
你荡气回肠的乐章是人们奋发图强的心声

九十年　像一幅幅生动的画卷
有着春风丝雨花满楼的美丽人生
也有着山川银装换新颜的别样年华
你展示的画卷孕育着生命气息呈现着华夏文明

九十年　像一首首华丽的诗篇
你谈古　引无数英雄竞折腰
也论今　数风流人物还看今朝
你萦绕时光绿荫　百花斗艳　芳香四溢

九十年中　有着风雨同舟的艰辛历程
从七月嘉兴南湖游船上的第一声宣言
你带领民众穿过了沉沉的黑夜　迎来了向往的黎明
让中国共产党这棵苍松屹立世界之林

从八月南昌起义第一声枪响
你创造了波澜壮阔的惊世之举
唱响了千秋万代的幸福之歌

从遵义会议上那历史性的转折
你力挽狂澜　一腔热血壮昆仑
挽救了红军　挽救了中国革命

从爬雪山过草地的峥嵘岁月
你带领战士　勇往直前　坚韧不拔　斗志昂扬
铸造了一座座万里长城的历史丰碑

从延安窑洞的第一缕曙光
你经历了几度风雨春秋的艰难
枣园灯火　希望之光照亮神州

从一九四九年十月一日那神圣庄严的一幕
你便成为了永不变色的绿叶
人民的幸福　安康是永不凋谢的鲜花

从三中全会掀起的改革开放的大潮中
你带领民众锐意进取　艰苦奋斗
在波澜起伏的大海中　破浪扬帆

从开创新纪元　走向锦绣辉煌
你解放思想　把握命运　开创人生
唱响了和谐国家　和谐社会　和谐家庭的主旋律

鱼靠水　箭靠弓　共产党要靠民众
人民群众驾驭着时代的脉搏
征服了冷酷的寒冬
你在奋进中永生
在永生中与时俱进

仰望你潮白河　守护你首都水脉

我仰望着
仰望着一个熟悉的名字
潮白河
以及共产党员的使命
有我无尽的恭敬和遐想

那年那月
千古华北豪迈的黄土地
曾经整治河道的号子声嘹亮
数万党员流动的身影
党旗飘扬

无法理解是一种怎样的精神和动力
让他们毅然决然地放弃一切的荣光
天空漫漫　河道茫茫
风雪肆虐满泥浆
坚实的脚印
印遍潮白河的每一寸土壤

如能穿越时空的隧道
我也想以一个党员的毅力
和你一起为潮白河岸披上绿装
一起携篷帐　逐水草　牧牛羊
一起耕田地　种麦谷　治村庄

我多想
以一个普通党员的身份
在你歇息的时候
装上一袋旱烟
在你口渴的时候
端来一碗清泉

不知你是否还怀念潮白河的沟沟坎坎
是否还记得草盖屋　苇作墙
挥汗如雨　移沙填土忙
不知是否还对潮白河眷恋地守望
是否还记得忙碌的景象
寒夜彻骨　风坚鬓上霜

我依然在仰望
河坡上共产党员坚强的脊梁
河坡上的草叶依旧芳香
河坡下的水波依旧清凉
河坡边的人们依旧勤劳和善良

艰苦难熬的岁月早已逝去
留下的是共产党员积蓄的情感
和共和国一起成长

那是一种精神
她叫潮白河

她教给我
一个共产党员的品德
对待人民腰可以弯曲　头可以低下
教给我
对待工作鞠躬尽瘁　意志坚强

我依然在仰望
一个共产党员的品格
流淌岁月中的那些深邃目光
不知应是何等英雄何模样
依恋潮白河

我守护着
守护着一个荣耀的名字
首都水脉
和共产党员的信仰
有我至高的承诺和理想

百年征程
潮白河的乳汁
滋润着豪迈的黄土地
以至今天依然良田千垧　粮食满仓

无法解释是一种怎么样的心驰向往
让我毅然决然地守护在她的身旁
依偎在广袤豪放的华北平原上

我宁做一棵白杨
守望首都水脉的每一寸土壤

如能化身一只雄鹰
我多想
久久盘旋于首都水脉上方
欣赏田野间挺拔的田间风光
亲吻平原上无尽的连绵麦浪

我多想
伴着拖拉机的轰鸣
飞越华北平原的腹地
飞越一个个金色的村庄
将身影永远铭刻在家乡的平原之上

不知你是否也眷恋这方热土
是否也知道她林如绿港
为共和国承载着喜怒和哀伤
不知你是否也了解这方热土
是否也知道她公路如织　银鹰航线如网
昌盛景象展翅飞翔

我依然在守护
继续承载一个共产党员的希冀
守护着你　可爱的家乡
尽管经历了人生的沧桑
你却给予我这个党员许多壮丽的期望

我依然在守护
守护着你　首都的粮仓
尽管饱尝了岁月的艰辛
却承载了满满收获的食粮
为了这份眷恋和承诺
为了这身蓝色的戎装
我愿一直在风风雨雨里守护着你
可爱的潮白河　可爱的家乡

仰望党旗　回眸往昔

仰望火红的党旗
让心灵的目光回眸往昔
趟过记忆的河水
情感潮水冲决大堤
仿佛又一次看到
南湖水波荡起的晨曦
呐喊唤醒沉睡的大地
铁锤砸碎血色的梦境
镰刀削割出崭新的世纪
井冈山　遵义　延安　西柏坡　北京
追求织成你质朴的布衣
李大钊　方志敏　刘胡兰　黄继光
忠诚染红你柔韧的肌体
镰刀铁锤的旗帜啊
你刻下了一个永不生锈的日子
你擎起了一个永不褪色的奇迹

仰望火红的党旗
从回忆里阅读历史的经历
谁说亮闪闪的镰刀铁锤已是陈旧的武器

谁说沉甸甸的脚板步履已无矫健的魅力
共和国大厦浸着你流淌的汗水
炎黄母亲听着你拉响的汽笛
镰刀收割和谐社会的累累硕果
铁锤夯实共和国的牢固根基
拉萨　呼和浩特　南宁　西双版纳　乌鲁木齐
让你串起闪光的珠玑
油田　麦浪　卫星　火箭　神舟号
让你奏出雄浑的乐曲
镰刀铁锤的旗帜啊
五千年文明在你面前青春焕发
九十载风雨在你脚下光彩熠熠

莲鱼岛边凝望安静的莲

2011 年 8 月 20 日这一天
我在莲鱼岛边
将对文苑雅舍的爱恋
存放在自己的躯体里
怀揣着曾经与《劳动午报》邂逅的故事
凝望着莲与一群诗人在氤氲的薄暮里延迟

坐在游船之上
欣赏着白洋淀的风景
让内心怀旧的抒情诗文再次成熟
而独自乍放的心情却穿不过销蚀的彩色烟云
如同年华撑出的一种相思织就古老的梦境

走在芦苇荡中
感觉一串串真情的泪滴
润进深深浅浅的漫天荷花中间
越过花香背后的倩影
遗落在人们飘满芬芳气息的眉宇之间

回忆夏天经历的故事
盛大的情事或许该轻轻退回楼宇之间
在尘世之上荷叶之下唤醒了美丽的画面
还有那双黑眸不忍再寻觅回首的诗篇

思念佳期如约而至
让我凝望安静的莲
把持千卷素笺后的浅笑
让现代诗歌躲过成长的杂念
直面起伏的潮水
今生与你倾情相见

大漠流沙

犹如强大的军团
铺天盖地
展示汹涌的气势
伴着大漠雄风而起
望见一条条沙漠之蛇
勇敢地贴地而立
此时　它敢和人类一比高低
敢和沙漠之树接天连地

数条沙漠道路飘失天际
化作一条条纤绳
牵动湛蓝的苍穹和飘飞的云朵
让浅显的绿意
消失于浑黄而又转瞬的雾气
让流沙将沙漠枯井填平
让世间多了一口魅力的危险之地
于是　勇士便去开拓
一片驰骋沙海的天地
在沙海流尘烟中苦苦寻觅
摆开擂台　摆开决斗的架势

让观众的欢笑和旌旗
印刷成褐黄色的贺卡日历
将所有想要表达的情意
用青春的言语载入史诗

流沙
依然在逞强好胜
但它　却是胆怯者的墓地

京东大杨各庄的红薯

秋天的田野　一阵阵风儿刮过
伴着寒霜　人们还在黄土地上忙碌
一株株展示京东大杨各庄地区风格的红薯
终于被这里的黄土地育大、成熟

他们的一条条根系
连着绿色国际港的欣喜
以及京郊黄土地的希冀
我们只得慢慢用铁镐一下一下
刨出他们沾着泥土的身子

此时　燕山怀抱的天空里
呈现出北方特有的沉默和静寂
让我们用手推车将红薯运回家里
装上印有绿色生态食品的包装盒子
填充进乡亲们的朴素和真实

京承高速

一条
由南向北
或者说
自北往南
不再是传说
将古都北京与塞外承德相连
从茫茫燕山直接穿过
接踵巨大的水泥桥墩
一路追赶着
各类汽车的呼啸
漫长的桥栏
反复映射着
海市蜃楼的轮廓
山峦雄伟的景色

从诞生的那一刻
便注定选择
服务穿山越壑的汽车
只为追逐着
离去又转回的标点

让从前的盛世乾隆感叹
让从前的出逃慈禧汗颜
让时代不断涌现
抒情散文的心得
留住最美的段落
汇聚于爱的集合
让连接京冀城市的直线
贯穿于现代历史之间
向着厚德的方圆
展示真实的触摸

桃花相伴龙年春天

一种沁人心脾的清香扑面而来
心怀中国北方的朴实
农历壬辰龙年的细雨滋润古都的味觉
是北京几万平方公里方圆的桃花
相伴着这个春天

春日的柔柔阳光俯下身来
在飞舞的新颖的巨龙文身的风筝上摇曳
京郊田园的桃花又一次率先
把农历壬辰龙年的春衫和裙裾
映入了我与中外游人的眼帘

在明媚春天的蜂蝶环绕的和声里
温馨的暖色
激活一抹抹浮动的靓丽光艳
诗情吹乱无数个日日夜夜
吹不走被你相伴的农历壬辰龙年的容颜

十字绣

流行的十字绣
并不算是一种新鲜事物
因为这种由头
让城市里的女人
有了一种新的追求
将久违的惰性
转变成了穿针引线头
而女人们有了一种新的享受

月光下的辛劳
缘于一种爱的萌动
把少女的纯真
用针线绣进青春
将中国历史的典故
绣成令人陶醉的布幅
让凝练的中心思想
十分明显地袒露

宁静的灯光
导演七彩丝线奔走梦境

让针尖穿越时空
让心的思绪反转古战场
再现骏马奔腾的景象
和铃儿响叮当的节奏
用巧手标注
一种纵横驰骋的缘由

生命元素

世上的一切事物
都有一部分生命元素
是属于我的
高原　显赫
盆地　富庶
河流　欢乐
平原　辽阔
林木　婆娑
……
而我
永远属于这个自然的集合
尽情体验人生的欢歌
让岁月的散文诗作
携手灵感迸发出幸福
幻化成一串串水珠
流入情感的旋涡
自觉自愿地享受着
爱与被爱的打磨
最终渗入地球的
核心部落
静心打坐

家乡的草莓

伴着故乡春天的太阳
望见一张张婴儿的脸庞
裹着北方人的豪爽
带着一个冬天的轮回
终于迸发出甜美的诗行
透出了绝世的色彩
在草莓博览园里放光

温暖的季节相挽夕阳
飘扬的温馨润色希望
让来自五湖四海的朋友
游弋于浸满各种色彩的集合之间
让那樱香染指的美丽姑娘
在叶片与叶片之间冶炼着魅力芬芳

她们释放的甜甜的笑声激扬
千万游客一起猜测她们的心事
当作用草莓装点的相思果实
手携手表达出京郊农民的情意
展示这由绿到红的真实希冀
尽是丰满情愫的北京精神的荣光

感言阳关

一个拴马桩残留着历史的影子
它的文字
是浅山的记忆
是戈壁的呼吸
还有沙漠的叹息

只有砌高的古城墙面
袒露着千年的谜底
挡住了古老的西域土地
隔住了丝绸之路的痕迹

遥望着祁连山的冰川
整个河西走廊都在迷离
聆听着驼队的铃声婉转
观望着游动的裕固族少女
正走在漫漫沙丘之间
牵领着自己成长的孩子

阳关之外的戈壁
伫立着一架孤独的马车

两个车轮之间缀满墨迹
就像一本字典
解读阳关的字典
旁边堆满了竹简的关文
累积着出关远行者的经历

是啊　从前的河滩
也曾留下古战场的传奇
走过去就有展示雄姿的场面
因为只有站在阳关
才能享受到祁连山边的水汽
体验到“西出阳关无故人”的含义

此诗刊发于2010年10月9日《劳动午报》第14版

爱的方向

伫立在京郊故乡
眺望东方渐渐升起的太阳
凝眸爱的方向
本应是一页圆梦的诗行
本应充满了青春的芬芳
但匆匆吹过的沙尘暴
却让生活充满了窒息
前进的路上
增加了无奈和迷离
感觉出了抗争生命的必须付出的意志
让疲惫与颠簸在旅途之中体现毅力
让丰满的灵魂伴随快乐死亡
再从迷茫的梦中回归现实
让我豁然开朗
自己的影子仍在伴随阳光
仍然历练刻骨铭心的记忆
唇间呼唤着爱人的名字
让爱的感觉勇敢地释放

中秋之夜

天空　月亮　流光
我在中秋节的晚上
写作属于自己的诗行

电视　网络　直播中秋晚会现场
亿万双眼睛　都在聆听
十五的月亮

苍穹的期望
融于人人称赞的稻花香
月夜是我灵感的目光

无言

在无言中经受折磨
这是我近几年来的真实写照
我的思绪　如同晨雾漂泊
这条痛苦的小径
犹如缥缈的集合
行走于忙忙碌碌的警察生活

巨大的高楼　支撑着玻璃罩
阳光从那里悄悄滑落
我用思绪的量尺体验生命
或许　紧紧张张的生活
迸发出了许多生活的诗歌

好久没有这种思绪了
那么沉重的一条路径
让我不再年轻
像查阅人生档案一样劳作
尽管多了许多细心　许多小心　许多耐心
然而命运的痛苦之歌
让笔记里的心得

一页一页地翻过
以至岁月的纤绳
越拉越在伸缩
无言无语　无话可说
隐忍　一部延续的杰作……

享受秋色的生命情意

飒飒的北国秋风
携带着丰收的召唤
把玉米秸梳理了一遍又一遍
直到那绿色的叶片躲到泥土里
成为金黄色的影子

玉米的记忆
记录着星星的期盼
让多愁善感的月光
踉跄着夏秋两季的步履
成就了胀鼓鼓的果实

沉甸甸的玉米
散发着积蓄的甜蜜
整整齐齐地列队
饱含深情地敬礼
溢出丝丝缕缕养育生命情意

被时光打磨的收割机
阳光下穿梭在玉米秸之间

眺望父老乡亲田边的笑脸
有满足　也有心愿
还有享受秋色的散文诗篇

南飞雁阵

苍穹上飞过
一队“人”字形雁阵
相映于秋天的景色

其实　飞在最前面的
领头雁是最为孤独的
飞在中间的
保持雁阵队形的
群雁是最为安全的
而飞在最后面的
尾雁是最为寂寞的
而这　恰是一种团队精神
因为最为孤独的都是最神圣的
源于导引坐标的具体方向
主动牵头让身后的个体仰望
最为寂寞的都是最富生命内涵的
波澜不惊　意味深长
表现为一种特有的
最为高贵的包容　理解　厚德

秋天的风车

蝉在悲鸣　叫喊着秋风
不知疲倦歇停
而风　依然表现着心情
努力让风车旋转　不停

秋日的风　就是这种习性
袒露着一种古朴的情

路边的树在挥舞神经
或晃身附和风车的豪迈心境
或迎头向往风车的靓丽人生

咀嚼京郊之夜

当北京西山的晚霞
怀揣着少女的羞羞答答
一层一层地褪去彩色的薄纱
暮霭便悄悄　悄悄地开始报到

此时　京郊之夜的味道
便从燕山的石涧　河流　树丛中
缓缓　缓缓地弥散而出
咀嚼京郊之夜
淡淡地带着燕山的胸怀
古老的永定河水的柔情
以及京郊兰花草的清香
含情脉脉地将你拥入怀抱

一习凉风吹来
轻柔的漾在脸上
让京郊灵动的夜
多了一份惬意与心醉

咀嚼京郊之夜
体验着燕山星月的陪伴
感受着无法抗拒的诱惑
激荡着难以释怀的妖娆

卫星城里的人们不甘寂寞
自觉地来到广场、酒吧、公园
贪婪地吮吸着京郊之夜的味道
激情地享受着京郊之夜的抚摸
人们组合起来的一个一个群体
或沉醉于优美的舞声缭绕
或沉醉于暧昧的灯光怀抱
或沉醉于婆娑的树影风骚

在这静谧的夜
京郊的人们
感受着骄阳落去
夜的深幽与凉意
他们身边的一个一个群体
或在自家的院落中
或在村口　在果园
享受着劳作之余的一种爱好

远处的蝈蝈声鸣
夹杂着场院里儿童的嬉戏笑声
和着萤火虫幽幽的光
显现着京郊之夜的独特神韵

这种浸透着朴素之味的夜
更让父老乡亲心旷神怡
我喜欢这样的夜
更喜欢夜里这种朴素的味道

母亲的菜园

祖传的老院
缔造了母亲的杰作
足有半亩多
绿色的画面间
有日月星辰陪伴
还有不同季节的
各类蔬菜的转换
每天　有蓝天或是白云陪伴
每天　都有八十岁老母亲的
勤于劳作的身影闪过

哦　看见母亲的菜园
如同看见一片亮丽的浓缩的景观
伫立于高楼与平房之间
黄瓜、茄子、西红柿、水萝卜
倭瓜、丝瓜、豆角、芥蓝……
尽是引人注目的颜色

绚烂是无公害菜品的集合
色彩是乡土散发出的小说
长满温馨甜美的段落
映衬着母亲的菜园
延续着不知疲倦的劳作
飘扬着她老人家倾注汗水的欢乐

我心如琴

2012 年秋天
我来到京郊平谷琴街
仿佛置身于音乐世界
此时　当心中的柔软
亲近到了带有温度的音阶
血管宛如幽静的琴弦
时时都在流淌着积蓄的情感
心跳的声音也渐渐舒缓
舒缓到了青春的柔弱
以至到了最后拨动弦线
才让快乐享受填满音乐
让悠扬与婉转
融化在琴音之巅

牛栏酒镇

酒色酒香中的牛栏古镇
怀揣北京甜美的记忆
跨越了三个世纪

华北风情　楼台酒旗
被长城脚下的雨水洗刷得光鲜艳丽
传承了潮白河的诗情画意

没有终止
也没有开始
只有芳馨四溢的“二锅头”的传奇

远方　走过来寻祖的赤子
载满了顺鑫农业的各类美食
与来酒镇的观光客相互交杯

“百年牛栏山酒”溢香的气息
浸透着酿制北京醇美的惊喜
在华北平原的画幅中流芳百世

从潮白河大桥穿过的读书声里
汽车喇叭声里　男女欢爱的氛围里
都带着三伸腰米香　酒的醇味

从燕山到燕山

在绿色国际港的乳房之上
整个古都北京都在惊叹观望

聆听燕山怀抱的长城诗歌
把我拽进了华北平原的述说
拽进了潮白河的心房
拽进了让人向往的绿港
机场一侧的标志塔杆
是这个世界袒露的标点

终于　沿着顺义新城的地平线
有一架飞机来寻觅我的企望了
承载着五洲四海的饱满情感
让北京人的厚道
粘连着我爱的思恋
展示着属于我的包容生活

我的唯一选择是激情创新的灵感
流淌着一年四季的欢歌
澎湃着积蓄一生的心愿

犹如京郊的彩虹桥
扯动着自己的情感之线
构思着属于诗人自己的诗歌

经历北京精神熏陶的我
在光影之间的集合里构筑欢乐

京东大芦荡

古都北京的目光
透过拔节的城市
眺望着汉石桥边丰茂的芦苇荡
惊叹水草边的白杨树自由生长

向东　穿过忙碌的首都机场
时光的隧道记录着宋元明清
向东　绿色国际港的土地上
农民伯伯的鞭哨依然脆响

北京的肺有我们耐心保养
定会永远洁净永远健康
野鸟欢叫声相融游客的笑声
携手穿行绿叶润进农乡

一座原本北方的文明城市
却在历史变迁中驶入干涸的河床
将希望的目光移向变样的村庄
变幻成“望梅止渴”的散文诗行

你是一种文献

第一次用我真诚的视线
缠紧眼前的你
便将笨重的身体
栽进你的方圆
然后　将自己的希冀
融进你的璀璨

所有的时间
都温馨震颤
只因有了你
脉脉含情的双眼
释放着积贮的爱的语言
溢满了北国的土地

流淌的时间
将真情的历史
悄悄依恋
然后　将含羞的文字
藏进档案馆
检录成一种文献

你给我百日会战的思绪

当警察的生活再次聚焦
在忙忙碌碌的集合里
你给我一片
充实的思绪
让我激动的灵感
浑圆　丰满

当生活的环境再次盈满欢颜
在巡逻脚步的足音里
你尽情履行着
警察的誓言
让我成熟的笔尖
淌苦　淌汗

当百日会战的战鼓敲响
在新世纪的第三个冬天
你让首都的经纬线
镶嵌下了民警的伟岸
续写着“严打”的诗篇

让我充实的思绪
感慨　连绵
……

公安岁月

披一身风尘仆仆
洒一路巡逻足音
凸凹的褶皱面颊里
铭刻着平安人生的记忆
一次又一次地推进
祥和平安的日子
诠释着岁月的密码
细细品味着跨世纪的公安史

的确　自中国解放战争开始
共和国诞生了新的警察体系
从此　九州开始传承
为亿万民众服务的信息
昂扬挺起人民公安的风骨
年年岁岁　心迹坦荡充实
日日月月　奉献无怨无悔
延续着永不疲倦的警察日记
眼睛　是永远不眠的警心
忠诚　是金色盾牌的警魂

充满爱心的华夏大地
相融藏蓝色的希冀
昼夜都有公仆服务于人民
一个个充满深情的日子
留下了一串串不朽的记忆

猴年的硕果等我们共同采摘

——送给《首都公安》

一张延续了几十年的报纸
连紧了你和我的情意
因为我的参与
使你多了一个忠实的读者
同时也多了一个勤奋的作者
由于有了你
才如实反映了我们公安特色
让精彩的版面尽显独特风格
衷心感谢《首都公安》园地
感谢默默奉献的编辑
感谢勤于采访的记者
你们用五彩缤纷的组合
给万千民警带来充实与欢乐

面对 2004 年
我们仍会继续努力
依然是你真诚的知己
做你忠实的读者和作者
你依然是我们通晓公安工作的集合

你依然是我笔耕不辍的绿地
猴年的硕果等我们共同采摘
共同描绘赏心悦目的日子
共同构筑一个公安事业的美好希冀

让我们携起手来共同努力
让我们万众一心共同进取
让我们共同体味公安生活一并耕耘写作
让我们共同品尝猴年硕果一并咀嚼收获

钻　石

每一个好警察都是钻石
警察与日月同在
与群星相伴

自从正义与邪恶分开
人类的生活便进入法制时代
此时　法律只能与正义站在一边
用文字的法眼显示威严

法条明明白白
警察实实在在
因为国家需要正义的诗篇
沿袭文明历史的承载
让段落与段落继续相连
于是　一种对法治国家的责任
让警察站在了维护正义的前沿

这是一把执法的利剑

责任将执法者与时代粘连
置入法律的集合
让人们记在心间……

给好警嫂

采集春天最清嫩的语言
相融一个警察积蓄许久的
积蓄许久的灵感
迸发出藏在心底的
藏在心底的诗篇
在这属于妻子的日子里边
在这属于好警嫂的真情时间
让我
让我们这些男子汉
伴着人民警察的责任感
怀着真诚的愧疚和遗憾
站在你们这些好警嫂身边
……

沿着三月的风景线
我望见
望见你走在我巡逻的路线
脉脉含情于人民公安
寄托了一个妻子最靓丽的期盼

三月
冰河渐渐融化成了小溪
印下了大地对巡逻民警一冬的思恋
三月
京郊大地悄悄吐出新绿
凝望着警察丈夫走家串户的形象
……
的确　当春天的鼓点
春天的鼓点欢快地敲响
人民警察的目光
也释放出了生命中的新的希望

警嫂走在大路之上
显示着浪漫　尽显着风光
而警察立在城市一旁
也正用一种自豪的目光
将妻子的身影融于时代的焦点
体味着当代一种充实的景象

沐浴着八面来风
让警察与警嫂的身影
相互映衬于车水马龙
展示着都市最新潮
最绚丽的风景
民警　鼓动着一颗永远年轻的心房
警嫂　释放着永恒的饱含温馨的芬芳

说到底
说到底

人民警察的起跑线
缺不了警嫂的呐喊
缺不了贤内助的默默奉献
缺不了人生道路上
真真正正的情缘
……
功勋章上
有丈夫的一半
更有好警嫂的一半
警察的生活内容
有的只是好警嫂的感悟人生
有的只是夫妻双方美好的向往……
警察的职业　确实是一种荣誉
自豪的选择　交融警嫂的理解
为此　作为一名人民警察
我愿献出自己珍藏的炽热
向你们——好警嫂
道一声　辛苦啦!!!
在你们的节日里
献上我真心的祝福
和我最真诚的敬礼

城市守护者

夜的窗纱
聆听着人们的鼾声
人民警察　默默守护着宁静

警车　传递着城市的风景
足音　润进平安夜的心灵

星星　刚刚闭上眼睛
月光　便开始亲吻藏蓝色的身影

坚强的露珠和着萤火虫的笑声
悄悄体验着平凡的使命……

中原

偌大中原
有我珍藏的情感
……
那是十个月前
我沿着嵩山之旅奔跑
跑到了松柏树前呐喊
任长霞　你为何过早
过早离开人间
于是　难忘的场面
我在河南登封的纪念
取自中原的背景照片
一直　一直将我陪伴
陪伴我在公安一线
陪伴我走进社区方圆
陪伴我维护一方平安

立在嵩山一端
翻一翻我那难忘的画面
再看一看
那夹在书页里边

夹在里边的牡丹花瓣
能给我平添充实快感
而且　我还保留着一个心愿
即倚在中原一端
构思一首
写给战友长霞的诗篇
我要长久保存纪念
奉献出藏在心底的语言
作为我向战友发出的真情期盼

中原的风
吹动松柏震颤
而那中原的照片
依然释放着新鲜
立在嵩山俯瞰
俯瞰中原
我要顽强地呼唤
企望能把你保存永远
印进记忆的深潭

中原大地呵
你也许看见了我的照片
愿你的视觉感官
为中原绽放出璀璨
润进九州的画面
现如今　我依然
依然在嵩山周围行走
沿着时代先锋的足迹寻找
顺着长霞精神的光辉远眺

那镶嵌在万千民警记忆里的
都在细细思考
都在履行心愿
……

警察必须知道

警察必须知道
与家人相聚的时间太少太少
早出晚归　几乎天天如此
值班加班已成家常便饭
愿望是那么小
计划总是被突然接到的工作电话打断
虽然我们偶尔也会发发牢骚
但是　想到头顶国徽
依然感到骄傲

警察必须知道
不管穿不穿制服　是不是工作时间
遇到急难险要我们不可以退却
发生自然灾害我们不可以躲避
因为职责　将我们的使命锻造

警察必须知道
虽然我们吃了很多苦
依然不会后悔当初的选择
不会因此放弃坚守的誓言

因为　职业的光荣和使命
忠诚的义务已被我们时时记牢

警察必须知道
我们都在磨砺中成长
有千百个和我们一样的家庭
在与共和国的公安事业一起成长壮大
我们舍小家顾大家
只为感受无上光荣让我们体验大爱骄傲

此诗歌刊登于《首都公安》

苦与乐

站在执勤线上
望着热情的太阳
缠紧民警的目光

还有什么话能够述说
我停留在大地一侧
用另外一种图形
勾画揣摩
体会你是如何
承载着国家的使命
履行着法律的职责

于是　视线的集合
连紧人民的嘱托
一片方圆的杰作
一个永恒的希望
生活的标点蔓延成
警察人生的苦与乐

自豪 我是一名社区民警

沿着历史的发展进程
我有幸
有幸成为一名
首都的社区民警
尽管 尽管我很羡慕刑警
因为神秘与刺激能够造就神探
同时 同时我也很羡慕巡警
因为他能直接展现一种威猛
……
但我作为社区的一员
也很如愿
因为我每天都能坦然
坦然走在楼房与院落之间
造就社区平安
让百姓绽放笑脸
每每这时 我便能品味到一种价值体现

虽然 虽然我很平凡
但心中的一种自豪感

会让一个社区民警的使命
伴随我的平凡
实现千家万户心愿
因为我已经
已经把社区当成了一个花园
把自己当成了一个园丁
如果社区有一片水潭
我便是潭水的泉眼
如果社区有万朵鲜花
我便会守护温馨　耐心陪伴
陪伴花朵释放灿烂……

每天每晚　每晚每天
当你渐渐进入梦境
我也许就走在社区一端
尽心尽力守护着平安的夜晚
每每　每每当你静坐家中
细细品味着水果糕点
我也许正在调解民事纠纷
或者守望着小区的安宁
或者……
的确　作为社会的一员
我也有家庭
也有妻子、儿女以及父母的期盼
……
然而　作为社区的一员
我也许不是一个合格的丈夫
不是一个合格的家长
但我却可以自豪地说

我是一个合格的社区民警……

走进社区的经纬线
就像走进了自己的责任田
虽然工作琐琐碎碎　平平淡淡
却让我每天都有新的体验
每天都有一种快感
因为一个时代的体现
尽情留在社区百姓的心田
让我从警的画面
徜徉于生活与生活之间
牵挂　成为了我对社区的思恋
忙碌　成就了我对社区的情缘
为了社区那些熟悉的无法再熟悉的百姓
为了社区能够保留永恒的睡梦的宁静
我会继续甘做一个社区民警
永葆社区警务的优秀传统
不辱历史赋予我的平凡使命
让百姓永远绽放开心的笑脸
为此　我可以毫无怨言地说
自豪　我是一名社区民警
——敬礼！

注：此诗特为市局人口管理处在2005年北京电视台春节联欢晚会而作！

警魂岁月

我要采撷一缕阳光陪伴勤劳的人
我要播撒一天繁星照亮回家的人
我要守卫一桌祥和献给团圆的人
我要奉献一腔真诚报答可敬的人
让警魂岁月　润进所有人的身心

岁月不歇　光阴不停
对你的情对你的爱不曾减去一分
立警为公　执法为民
这就是守护公安园地的永恒警魂

我要堆满一地果实奖励劳动的人
我要舞动一股春风宽慰善良的人
我要迎取一个公道还愿受委屈的人
我要坚守一个信念不负养育我的人
让警魂岁月　陪伴所有人的青春

岁月不歇　光阴不停
对你的情对你的爱不曾减去一分

立警为公　执法为民
这就是守护公安园地的永恒警魂

此诗歌刊登于2006年5月《首都公安》

作为一名中国人民警察

作为一名中国人民警察
早出晚归已经习以为常
应接不暇的值班加班已成家常便饭
相聚的时间太少太少
想念的时候总不在身旁
更少有时间能相伴出游潇洒

作为一名中国人民警察
过节休息日是最忙碌的加班时
全国人民合家团聚
夫妻情侣花前月下
两个人却各在一方
团聚的饭桌怎么也无法坐满

作为一名中国人民警察
计划总是被变化打断
愿望那么小失望那么大
偶尔也会发发牢骚
但心里时刻惦记着
希望他的每一天都能平安

作为一名中国人民警察
没法常回家陪伴年迈的老人
没法好好照顾年幼的孩子
没法时刻陪伴家中那个伴侣
但从两人牵手那一刻就已决定
携手共迎生活的每一次挑战

作为一名中国人民警察
彼此会给予更多的包容与理解
从成为警察的那一刻起
他们就选择了责任奉献
从成为一家人的那一刻起
他们就把小家融入了大家

作为一名中国人民警察
共同的理想让彼此的爱升华
虽然苦与累相互叠加
却不后悔当初的选择
誓言能够穿越一切
一直坚守着永恒的爱的诗篇

守候的白杨树

夜晚星光　黎明晨露
月亮滑落　晨曦日出
我每天每晚
都能时时望见
白杨树守候着
寂寞地守候着
守候着属于它的诚信
守候着属于它的忠诚
它的期盼和着夜晚的心跳足音

首都城镇　燕山清谷
古城水岸　柏油马路
我每天每晚
都能时时听见
白杨树扎根着
坚定地扎根着
扎根于繁华街巷
扎根于雨雪风霜
它的心声融入北京两千万市民的心中

温柔春风　明媚阳光
美丽山川　华北大地
我每天每晚
都能时时体验
白杨树回报着
默默地回报着
回报着来自华夏九州的关怀
回报着来自亿万人民的关爱
它的回报记录首都民警的拳拳之心

交警 四季里的保卫者

你是春天的一缕阳光
总能为行人驱散阴霾
带给人们美好的心情
你疏通着车海人流
为万千司机指引了方向
让游客的旅途变得轻松舒畅

你是夏天里的一滴雨露
总能滋润人们干涩的心田
你挺直地站在烈日下
时刻保持着高度敏感
不给车祸留下一点
乘虚而入的缝隙边沿

你是秋天里的一抹斜阳
总能愉悦人们的工作生活
释放出心底的真心祝福
你是冬天里的一杯热茶
总能像暖流一样注入心间
为过往的车流人流驱散严寒

你在冰雪里指挥交通排除隐患
让人们回家的路变得更加顺畅温馨
你是四季里的保卫者
总是在人们最需要时第一时间出现
你方便了别人却从未奢求任何回报
这就是你——交通警察的一种道德风范

给夏日街面巡警

盛夏正午似火的骄阳有多热
你知道
溶化了沥青的马路上气温有多高
你知道
汗水闪着忠诚
足迹镶着奉献
目光透着执着
警徽亮着承诺
你是夏日街头的一道景
辛苦融入群众的笑里头
打着遮阳伞的行人
匆匆走过
真情的目光
洒下关切
开着空调的汽车
穿越如梭
鸣响的汽笛
道声谢谢
大街小巷　乡村城郭
你是永恒的平安使者

日出日落　风霜雨雪
奔向和谐的脚步
永不停歇

平安奥运铸就我的金牌

虽然不能亲赏“鸟巢”的风采
虽然不能得到“水立方”的青睐
然而奥运赛场
却激荡我奉献的情怀
奥运圣火
燃起我的激情豪迈
倾注心血守护安全长城
平安奥运铸就我的金牌

虽然不能登上奥运奖台
虽然不能扬帆深情碧水
然而奥运赛场
却汇集五洲的色彩
奥运圣火
温暖世界的胸怀
擎利剑铸盾牌
平安奥运铸就我的金牌
神州五环闪耀我的精彩

我骄傲我自豪　我是首都公安一员

我骄傲我自豪　我是首都公安一员
蓝天绿港黄土地　潮白涛声伴我眠
海阔天高凭鱼跃　首都公安天地宽

我骄傲我自豪　我是首都公安一员
面向绿港银燕飞　背靠古都望燕山
长安街上展新颜　万千民警护平安

我骄傲我自豪　我是首都公安一员
忠诚可靠铸警魂　艰苦创业能攻坚
开拓进取志高远　乐于奉献大于天

我骄傲我自豪　我是首都公安一员
听党指挥抓党建　一心为民记心间
众志成城奏新曲　科学发展谱新篇

我骄傲我自豪　我是首都公安一员
古都神话传千古　北京评书越千年
日新月异遮望眼　巨笔书写新画卷

金砂

一颗颗星星
点缀着山谷间的经脉
数百万次闪动眼睛

亮晶晶的眸子
拥抱泉水　映衬石碣
目送喜鹊　留恋清风
伴着沐浴的笑声
将岁月的图形
悄悄融进水流的情怀

时光可以追溯天籁
回到历史的起点
峡谷中的夜雨风情
温润六月
红艳靓丽的玫瑰之爱
为浪漫而倾倒月色之声
爱的旋律连接山脉
交响着火焰般的激情
流淌金色风景

衔接悠长彩虹
任激情流动
伴着卵石而舞
拥着水声而眠
一路隐忍着
一路离不开流水的形影
一路默默无言
最终退隐河边
守望岁月呼唤
用平常心境
将水流的音符聆听……

大孙各庄　这片深情的热土

承载着十余年的深情
怀揣无比美好的憧憬
踏上了大孙各庄这片神圣的沃土
肩上的责任让我深知
旅途的艰辛
生活中的忙碌
春去秋来　月落日出
严寒酷暑　风餐露宿
一张张温情可爱的笑颜
一句句充满真情的倾诉
大孙各庄镇情民风
大孙各庄真心沃土
心里的万语千言
快乐而不觉得苦
积案侦破　信访化解
社情民意　月夜巡逻
多少个不眠的夜晚
守候平安打造和谐
无论风雨　无论霜雪
无论恶霸　无论邪恶

头上的警徽和那一生不变的执著
人在岗上　岗在心中
满腔澎湃的热血
在大孙各庄这片古老的土地上
唱响弘扬正气的赞歌

眷恋这片深情的热土
难忘岁月中的拼搏
乡亲父老的叮咛
领导的厚爱嘱托
扎根在大孙各庄土地上
无私奉献　爱岗敬业
默默无闻地勤奋工作
让自己的青春火花
照耀警程中不平凡的岁月
深情的大孙各庄
您是我生命中的第二故乡
您是我人生灿烂的花朵
多情的大孙各庄
您赋予我成长的经历
给予我人生的飞跃
在这片神圣的土地上
盛开灿烂而美丽的花朵

注：大孙各庄，是顺义区十九个乡镇之一，位于顺义区东南部，东与平谷区接壤，南与三河市相连。大孙各庄镇民风淳朴、土地肥沃、人民勤劳善良，是当代将军熊子丹的故乡。

十月一日　写给亲爱的祖国

在二零零九年十月一日
我情不自禁地呼唤一声
我爱你　亲爱的祖国
随后唤出盈盈喜泪
流在脸上　淌在心窝

祖国　今天是你的生日
瓜果飘香花红似火
今天是你的寿辰
五洲欢庆　四海飘歌

今天　已经过去六十年了
关于你的有声有色的内涵
却始终不能忘却对你的思念
说你是一曲雄壮的国歌
唱响于一个庄严的时刻
说你是一杆鲜艳的五星红旗
飘扬在每一块蓝天的前额

祖国　因为你的心胸辽阔
才使我的想象变得狭窄
祖国　因为你的伟大
才使我的比喻变得有些笨拙
沧桑数度世事多变
我的衷情依然如初
就在标语贴错的年代里
我的心仍然火一般赤热

历史是一座丰碑
情深意笃的是我和你
血肉相连的是你和我
十月　让我唤一声亲爱的祖国
唤出眷眷赤子的深情
唤出胸中神圣的感觉
我是公安卫士永远忠于党
为了祖国的和谐稳定
我甘愿舍小家为大家
不怕牺牲和流血
铁肩担道义　利剑斩妖魔
让祖国人民永远感受平安和快乐
奔向小康的幸福生活

十月心得

十月
红旗飘飘映照彩霞
华夏河山隽美如画

遥望乌苏里的朝霞染透天宇
帕米尔高原的落日燃烧如炬
呼伦贝尔草原的传说充满诗意

聆听喜马拉雅山脉龙盘虎踞
澜沧江的滔滔流水奔腾不息
丝绸之路的传说故事充满神秘

十月
红叶绚秋风　细雨润芳草
江南鱼米香　塞北粮满仓

十月
镶嵌满了母亲脸上千轮万轮火红的太阳
打捞起了母亲眼里千颗万颗闪亮的星星

十月
是对祖国母亲表达爱的季节
爱她裹着沃野千里
爱她护着神州大地
爱她流动着丰收的旋律
爱她永远飘扬的五星红旗

十月　诉说真实感受的季节
十月　维和警察说　树形象扬国威　中国万岁
十月　边防警察说　守边疆卫祖国　我爱我家
十月　援疆警察说　天山下民族情　汉维一家
十月　援藏警察说　珠峰顶国旗扬　扎西德勒
十月　中国警察说　四海升平　吉祥安康
　　　　　　　　　繁荣昌盛　国富民强

古镇派出所民警

古镇很大　很大
派出所很小　很小
派出所虽小
却能装下古镇整个世界
派出所的事情很多　很杂

南邻百岁老人补照居民身份证
北舍新娘要办理常住户籍迁移
东家老院的子女不肯赡养老人
西边石街的青年参与街头打架
而派出所就是古镇乡亲们的“说事室”

前日下午李家狸花猫挠破黄瓜
昨天上午张家两头牛踩坏庄稼
今日赵家山羊踩倒王家杨树苗
也不知什么时候还会出啥乱子
而派出所就是古镇群众议事的“调解间”

古镇民警的工作非常平凡
年复一年的信息收集分析

月月开展的专项具体工作
三天一班的单位值班备勤
日日都有的群众110求助

古镇民警的工作非常重要
日夜开展巡逻保一方平安
破获大小案件赢民心一片
调解民事纠纷促邻里和睦
化解矛盾纠纷创和谐社会

古镇民警就像一缕缕阳光
让父老乡亲永远感到温暖
古镇民警视老百姓为上帝
尽心保护街街巷巷的平安
啊　可亲可敬的古镇民警

我骄傲 我是一名履责公共关系的警察

你拿枪杆 我执笔杆
我们都是人民警察行伍里的亲密伙伴
你到战场 我上一线
我和你并肩战斗拼搏在不同现场

你在战场英勇无畏
我在一线昼夜奔波不知疲倦
训练场上我们英姿飒爽
大街小巷有你有我还有百姓同在心上

我用镜头记录你的每一个精彩瞬间
我用笔尖写下你的每一次征途艰险
我的足迹随着你的身影走遍犄角旮旯
我的汗水伴着你的足迹流遍经线纬线

祖国安宁有我们一样的付出
百姓安康是我们共同的心愿
我骄傲 我是一名履责公共关系的警察
我自豪 我是一名履责公共关系的警察

六月抒怀

六月
激情四射的季节
跳荡的青春在六月里绽放
伴随麦浪的消失
期盼党的生日来临
当人们为世界变化欢喜时
民警依然坚守着那份寂寞和执着

六月
瓜果飘香的季节
夏日的乐符别有一番韵律
喷香的甜瓜
爽口的玉杏
远道的来客络绎不绝
你起早贪黑顶风冒雨
穿梭在熙攘的集市人群中
静静的身影在为一方平安守护

六月
色彩斑斓的季节

我们高唱红歌
继承和发扬着红军革命精神
嘹亮的歌声中
我们读懂了什么是正义与和平
明白了生存的痛苦与欢乐

六月的阳光普照大地
金色的盾牌闪闪发光
我们用热血浇洒一方热土
我们用忠诚书写无悔青春
一颗颗平凡朴实的心扉
把寂寞　耕耘　坚守　执著
溶进奔涌的血液
怀揣着金色的梦想
携手并进
尽情融进时代的音符

第二辑　格律诗

故乡感言

风摇翠柳雨潇潇，金鸡河水涌心潮。
感慨少年伤心事，五味浸心泪滔滔。

咏 龙

盛世中华民族魂，腾云驾雾迎新春。
雨润三山湿衣襟，风磨五岳镜无尘。
画龙点睛妙笔神，半隐梅花遮泪痕。
九色宏图绘乾坤，玉兰馨香现纯真。

西湖新茶

西湖水畔一径幽，龙井浮香邀客留。
敢问茶色谁更好，村姑邀你进茶楼。

夜宿承德离宫

叶落离宫满，遥望棒槌山。
明清尘转幻，辞赋涵史传。
折柳山庄前，凭栏咏诗篇。
英贤纷临此，武烈河扬帆。

雁荡山

大小龙湫接苍天，常年抛练仙境端。
凌空荡水雁感叹，飞瀑落处成云烟。

游金海湖

京郊巡游到翠山，苍苔曲径水潺潺。
轮犁碧水翻绿谷，船驭松风过险滩。
飞瀑琴鸣野花妍，流云飘飞镜湾闲。
尘衫且共松鼠现，凭栏远眺意境宽。

端午节

每逢少年端午日，母亲为我颂古诗。
叮咛报国须立志，记牢屈原好故事。
忠诚为民记心里，公正廉洁永保持。
体验自古至今词，从警生涯尽受益。

途经杨镇

通衢要道名在外，京东古镇商贾来。
天时地利人和旺，买家卖家笑颜开。

西湖绿水

龙凤呈祥立碧霄，西子湖畔乐逍遥。
绿水逐岸随心转，洗涤彩绸唤海涛。

游顺义北大沟

林茂蕴深情，溪水奏清音。
山隐百鸟鸣，缓缓依耳吟。

太平山色

灯花掠影耀树丛，高楼拱手匠心通。
俯瞰山水连一体，千岛嘘气缀彩虹。

安利隆生态园

昔日荆棘杂草多，如今果蔬满梁坡。
山里辛庄新景色，绿海徜徉五洲客。

华北行

怀柔去冀跨峻岭，借道赤城一路行。
体验官厅库水旺，鸡鸣驿站醉古城。

文竹

身形似竹草一丛，淡雅茸茸劲节风。
虚怀若谷朦胧梦，多情纤姿览碧葱。

黄河壶口瀑布抒怀

黄龙拍水卷飓风，飞流溅水神壶中。
跋涉千里觅爱情，喷泻玉珠化彩虹。

延安抒怀

思绪万千游枣园，红军聚首宝塔山。
延安饮马念中原，窑洞研兵定方案。
小米步枪不言难，屯兵开垦南泥湾。
军民团结操胜券，演绎中华历史篇。

喜鹊登枝

半山金黄半山情，一河碧波一河明。
喜鹊登枝耀金秋，情侣窃窃话约定。

虎门感怀

林翁怒销毒鸦片，金戈制敌虎门前。
浩然正气满坤乾，铁血名臣百世赞。

杨镇古街

蓝砖黛瓦一街开，当凭古色证兴衰。
过往游客熙熙攘，喜鹊欢歌燕群来。

新城水仙

敢于面对尘埃境，青黄翠黛不言情。
一生缄默润心定，甘愿葱绿伴新城。

雨后白河景致

白河雨霁燕山横，万顷烟波一湾平。
风拂水草百鸟飞，水田景色润水声。

红枣

绿叶之间万点红，历经风雨挂树丛。
一颗芳心纯洁身，谁解相思在萌动？

秋雨·彩云

秋雨随风至，清爽温情心。
彩云随风去，浸润古都人。

白河泛舟

流溪古道泛轻舟，乐看野鱼水中游。
把酒临风白河谷，笑声吹皱水中楼。

秋 日

十月秋风习习柔，喜鹊轻歌翔田畴。
长山也爱俏装点，争将枫叶簪满头。

婺源油菜花

金华本色亮婺源，能润游客映山川。
花溪绿道草感叹，盈满温馨融画卷。

夏游雁西湖

四面环山三面树，一池清凉润园湖。
古亭飘诗文人爽，心幽聆听古词赋。
留有云影水共鸣，摄影照片留解读。
清风水色映清台，心境充盈精气足。

月环食

常笑月亮被偏食，少见太阳圆缺时。
当头日光通常理，记录宇宙自然史。

焦庄户革命纪念馆

漫步焦庄户地道，犹闻杀敌声不老。
抗战旌旗雄风在，留守团长仍放哨。
青瓦玲珑紫气朝，小桥流水轻雾绕。
如今游览纪念馆，人影日光客如潮。

咏京东大芦荡莲花

根入淤泥怀贞节，身融清香七窍通。
翠盖朔风彩肌露，肤色浴水映苍穹。
亭亭玉立俏女质，累累圆润百子蓬。
京东故乡天鹅伴，一池秀色莲碧风。

牵牛花

心高气傲勇攀爬，真情表白牵牛花。
只叹路人不理她，俏身屈尊附篱笆。

粽子节感怀

古都金街粽溢香，南北游客端午忙。
为表屈原坚贞志，水上龙舟锣鼓锵。
爱国诗词寓意长，兰花悠悠叹悲凉。
东方天海地域广，共同祈福向楚乡。

平谷桃树园

遍野桃树绿成行，夹道甜桃翠画廊。
夏日林中飘芬芳，游人愉悦醉桃乡。

观荷咏莲

芙蕖池边心经颂，碧幽莲花自从容。
俗尘世界清荷风，遥望污泥融藕中。
淡雅君子情人梦，思迷金果一场空。
雨后池塘残荷叹，一支墨莲含苞中。

游牛栏山

踏青游客寻梦来，乐看山前牵牛开。
彩虹细雨双飞燕，剪断残霞悲情爱。

秋日郊游

秋日郊游到农家，体验七夕真情洒。
绿柳绕满牵牛花，更闻鹊桥唤彩霞。

温榆夕照

千顷鳞波映夕阳，春风轻抚荡晨光。
炊烟低接小村影，远水高连温榆长。
百里河堤绕京城，喜鹊登枝望故乡。
农家宅院亮画舫，翠柳依依醉绿港。

清晨

喜鹊咏新诗，清晨唤醒时。
月宫天上挂，旭日窥花枝。

秋菊

本是北京花一丛，身形亮艳引人瞳。
色彩渗出凌霄势，亭亭玉立月色中。
自有虚怀容枫叶，厚德心境迎彩虹。
真情爱在秋风里，咀嚼芬芳睨碧葱。

登北海白塔

秋黄北海妍白秀，风苏巷柳叶飘柔。
锦鲤浮水戏高阁，白鸽哨响俏情眸。
明清园林显风流，幽州典籍绘春秋。
湖水涟漪浣青史，红墙垒筑千古酬。

感受国庆节

菊花绽放树常青，秋日艳阳丰收情。
鲜花港里镶彩锦，家门楼上挂红灯。
炎黄子孙迎佳节，欢声笑语喜相逢。
改革开放谋发展，举国欢娱尽笑声。

秋日兰花

紫荆花簇竹为邻，身披秋香持洁身。
素装清姿天作镜，月照窗棂映佳人。

游京东金海湖

我恋金海湖，再来此处游。
水边花戏蝶，柳飘鸟鸣侍。
峰隐云中涌，鱼蟹水底休。
京东壮心志，愿与共飞舟！

绿港咏菊

仲秋寒凉俏伴霜，花港孑立显顽强。
迎风吻霞心淡定，香盈众彩吐芬芳。

京郊秋色

站立新城顶，放眼燕山景。
云白天湛蓝，鸽哨赞雄鹰。
峰回涛声远，流水歌自鸣。
林间花争艳，池中鱼儿生。
原野展新颜，铁牛忙农耕。
喜鹊登枝头，相和鸟语声。
潮白河涟漪，感叹枫叶红。
相约国际港，幸福醉人生。

顺义农家

潮白农苑远皂尘，桃红千家簇绿新。
农家秧歌添新彩，顺鑫农业满席珍。
绿港展现十月菊，操锄笑种腊月春。
箭杆河边醉扬杆，钓引锦鲤悦嘉宾。

登绿港高楼远眺

极目远眺立楼顶，北国山川旭照红。
一湾碧水东流去，千秋风雨注心中。

此诗刊发于2010年2月11日《劳动午报》第13版

彩虹桥题照

镜开高远黛青涵，玉带连环彩虹衫。
两岸翠柳迎风舞，一河云影浣清涟。

此诗刊发于2010年2月11日《劳动午报》第13版

聆听古筝

十指轻弹向八方，票友听音寓意长。
心通细线生神韵，艺海绝技百世芳。

七夕随想

王母令女远尘嚣，自此夫妻天地遥。
情深似海盼七夕，雁阵列队架鹊桥。

北京国际鲜花港

喜鹊再登树枝端，报道秋日菊花宴。
观光农业现代园，仙境十月靓丽鲜。

北务菜园

菜园绿油油，游客赞不休。
丝瓜垂架下，豆角甩长头。
彩椒枝上挂，莴笋娇羞羞。
土豆挽芋头，苦瓜不言愁。
番茄田间卖，洋葱笑哈哈。
菜丰百姓富，家家乐悠悠。

秋 晨

晨练人群显自豪，云霞伴我摄秋朝。
十里花香千户醉，绿水涟漪袭人娇。

白龙潭问月

问君缘何如秋水，铅华洗尽出尘封。
数点清峰寒霜月，一抹飞鸿鸣山空。
龙潭鹤影谁与共，浮鲢锦鲤游佳境。
今宵何人亭咏诗，影去潭空月无声。

北国月季

具色攀缘长城红，世代疆场见战功。
人间真情献北国，甘为永定月月风。

晨雾

秋雾裹城魂，飘落未见痕。
难见星光影，感叹空港人。

秋入安利隆拾笔

马路生峦处，秋风野趣深。
蜂影盖花心，果香拥蝉音。

高国镜《田园古韵》读后

不见好友已两年，音容笑貌宛如前。
下榻村舍尽寒暄，满怀灵感心自宽。
辛勤耕耘文学苑，书香飘馨伴幽兰。
田园古韵绿港篇，赢得诗情到枕边。

顺义三山新居

松云情雅园，曲径显芳图。
扶日绿港出，开轩喜鹊呼。
新居享幸福，民歌流千古。
红绸盖腰鼓，绿绮京腔处。

蝴蝶兰

室静兰香蝴蝶心，流韵暖房许素芬。
两情依依溢美文，亮丽芳唇觅知音。

密云白河夜景

白河琴曲和谐声，彩旗飘扬缀佳境。
鲜花绽放连潮涌，丽珠彩灯倍眼明。

故乡炊烟

弯弯袅袅村上空，飞往苍穹千万重。
登上故乡高位处，轻歌曼舞悠闲情。
怀揣张家婴儿声，带梦王家不老翁。
飞烟枉自挽佳境，农家冷暖抛空中。

妻弹古筝

玉手弹指声色间，妻爱追梦留声畴。
高山流水古筝炫，意境深远曲妙然。

望星空

放眼华北满天星，万里夜空点点明。
登上牛山猛回眸，把酒临风醉新城。

中年志

笑对燕山青发新，中年梦想今成真。
已邀京郊收吾骨，留得丹心照警魂。

黑龙潭瀑布

晨曦照梁水雾浮，岚光水晶荡悠悠。
月季伴娘软着陆，绿柳荡波依壑流。
黑龙飘飞伴风舞，翻腾山谷任遨游。
飞珠溅玉琼浆落，沁肺清心悦眼眸。

咏顺鑫度假村槐花

四月乡村景色佳，绿色庄园绽槐花。
随风飘飘显潇洒，嘟噜枝头吐情话。
中外游客同羡玉，携手蜂拥蝶披纱。
曲径漫步馨香远，老树童趣乐到家。

夜乘天竺机场航班有感

潮白柳岸波浪欢，万家灯火展笑颜。
绿港飘香云舒卷，银燕展翅耀蓝天。

咏京承高速

晨携父母游故宫，突发奇想承德行。
一路穿梭燕山中，长途驱车疾似风。
京承新路高速度，穿山越水似强龙。
午到武烈河岸边，离宫品茶叹乾隆。

墙头草

自命清高居高空，随风舞动摆西东。
躬身点头成习惯，向往金凤欲攀龙。

回故乡

车行百里奔故乡，背包窝伞到农庄。
儿时发小笑癫狂，搂搂抱抱泪湿妆。
探访亲朋走老巷，互致问候细打量。
叔叔婶婶灶台忙，十碟八碗菜饭香。

碱河暮色

碱河暮色吻彩霞，明月倾心递情话。
曲柳幽屏香波洒，中秋夜半满河花。

长山颂

华北沃野平畴间，高高低低见浅山。
绵延东西二十里，横亘绿港光影线。
山边民居更显眼，驻足半山赏景观。
俯瞰粮田千层浪，又闻米香沁心田。

中秋圆月

锃亮圆圆挂碧天，嫦娥飘舞风云间。
中秋曲柳幽屏夜，月饼香溢农家院。

俯瞰顺义

碧水清波映真情，彩虹桥下水泻声。
银燕跃起赏仙境，飞翔天下念北京。

农家乐

京郊田园收镰歇，金鸡河水洗汗拿。
打坐蒲团品花茶，父辈回首话桑麻。

慈 母

精灵淑媛能持家，勤俭积淀人生画。
严规循矩育子女，慈母恩情永世夸。

秋 收

清爽秋风掀碧浪，抚弄玉米吻仓房。
割机揽怀大肚量，串串金棒露米黄。
京郊沃野老少忙，万顷田畴泛粮香。
铁牛耕作播麦种，来年再现新景象。

旧友重逢国际鲜花港有感

鲜花港内水生烟，老友邂逅梦重圆。
情深且叹菊花宴，别久惟嗟留感言。
牛栏山酒饮几番，漫漫星夜不觉眠。
秋风聆听友谊篇，客路水天风情园。

顺义和谐广场晨练

汉服飘飘广场间，龙拳鹰爪舞霞烟。
潮白晨曦杨柳艳，耄耋老翁拨琴弦。

夫妻吵嘴

吵嘴后分别，生气心不悦。
袖衫念玉臂，对镜花容缺。
沙发独卧思，古筝映明月。
情殇咏作诗，真情词不绝。

龙年咏龙

昂首翻飞势盖虹，乘风驾雾上碧霄。
玉甲金鳞映苍穹，世代称雄显英豪。
直挂三山云中腾，盘旋四海卷浪涛。
和谐九州铸文明，绝美中华领风骚。

鑫海运通购物广场

客如潮涌购物场，珠宝金银醉眼光。
琳琅满目俏衣装，文化用品挂长廊。
家居用品显新潮，烟酒茶糖浸芬芳。
观景电梯翘首望，喜看顺义胜天堂。

潮白河春景

彩虹桥下水淙淙，杨柳婆娑舞春风。
蓝天霞光云舒卷，游客行走各西东。

白河彩灯

翘望彩带缀白河，十里灯花映传说。
群鸽低飞吻清波，一堤烟柳醉春歌。

龙年春雪

三月夜雪柳影歪，依稀梦里桃花开。
清晨披衣出门外，白灵飘飞天上来。

纪念杜甫诞辰 1300 周年

清茶两碗话诗篇，白酒三杯醉牛栏。
抨击时弊讥百态，杜翁诗语传千年。

燕子归来

紫燕衔泥建巢房，杨枝柳叶筑雕梁。
一心一意情难忘，来年寻窝旧时装。

老屋之恋

再到老屋识荣羞，父母导训墙上留。
我恋梦游故乡久，饱经苦旅写春秋。

盘山怀烈

盘山跨越七十年，抗战故事代代传。
聆听多少战士血，曾染冀东英雄篇。

贺顺义文联成功换届

顺义地杰人灵栖，今朝叙事叠笺题。
潮白河水育骄子，聆听微风漾涟漪。
新老知音话议题，燕京文化再雄起。
时逢文联换届时，锦上添彩百花齐。

重游金海湖感怀

心恋碧海久，重来湖边走。
花香蝶飞舞，蜂影云中游。
林静鸟鸣俸，锦鲤水中休。
我虽已中年，敢与共飞舟。

“七绝” 两首

毛泽东的诗句“可上九天揽月，可下五洋捉鳖”曾经被中外众多学者和亿万华人传诵了半个多世纪，如今已经成为现实，为此，特作“七绝”两首，以示感慨。

一

飞天奔月梦成真，宇宙悠悠添华人。
喜接天宫多问讯，神舟从此摘星辰！

二

蛟龙入海探骊珠，直下大洋八千米。
蟹将虾兵尽瞠目，垂竿欲钓拂珊瑚！

刊发于2012年7月12日《劳动午报》第15版

内蒙古锡盟夜色

灯光照透北国城，锡盟释彩引人瞳。
月明星稀夜宁静，唯我步行街景中。

陇西油菜花胜景

夏日骄阳出关来，郁香扑面笑颜开。
祁连山边凉风爽，千亩金黄映关外。
河西走廊笑飞扬，黑河欢歌奔流淌。
陇西姑娘走花海，靓丽本色雄九陔。

西域油菜花

相同有色映雪山，能润裕固族心宽。
马蹄寺下金黄甲，心花怒放向阳关。

嘉峪关随想

塞外高原大漠风，金戈铁马戍边城。
镇守雄关御外虏，屡建奇功保安宁。
烽火狼烟随风散，耳畔只闻歌舞声。
但愿九州春常在，盛世百姓享太平。

咏神舟九号飞天

乐看三雄飞上天，九州科技盛空前。
观望四洋映华夏，徜徉寰宇敢为先。
火箭游走银河间，神舟穿梭天宫端。
摄录行星俏容颜，开拓宇宙勇攻坚。

惊雷劲雨

夏日云黑掺暴风，引来闪电裂长空。
串串惊雷震天响，劲雨洒落城镇中。

欣赏

妻爱弹筝吾爱诗，痴迷不改两心知。
手捧玉器欣赏时，成色好坏终是石。

秋日登良山

登临北上坡，闻得喜鹊声。
树绿遮曲径，花红映石峰。
霞飞携雨过，心爽润秋风。
念我故乡人，重温少年梦。

重游故乡

客里相思摇镜头，调整焦距旧地游。
少年朋友玩如故，新村新貌望新楼。
瞥见昔日农民锄，搁置院落生斑锈。
适逢龙年念中秋，重返故乡泪眼眸。

中秋回故乡

龙年中秋回故乡，绿叶飘黄菊花香。
长空鸽群风哨响，老院槐静柿树芳。
叔婶围坐火炕旁，共赏明月照南窗。
十五夜眠不觉晓，二胡老腔飘远方。

颂顺义

顺义最美绿水岸，景集绿港醉田园。
风筝俯瞰千层浪，百鸟飞落绿草滩。
京郊芦荡座客船，菊景飘香万花鲜。
情浓几杯二锅头，思接游客咏诗篇。

绿港秋景

青砖红瓦条石墙，画把游人置绿港。
农家少女聚花廊，车载倩影溢菊芳。
潮白河卷百里浪，依堤白杨碧宇量。
银燕传情展翅翔，万顷田畴沐天香。

香山红叶

龙年九月初八日，霏微烟雨香山知。
探望红叶含羞时，相约寒秋贵心仪。
闯开山路登高赋，浸润乡音吟情诗。
俯瞰古亭飘香溢，借看碧云送远思。

登绿港高楼远眺

绿港高楼望晨曦，顺义新城入眼迷。
远眺潮白河水流，再现彩虹画桥低。
男女老幼花前走，亭前恋人醉亲昵。
歌声相拥水上乐，琴音伴舞怯虹霓。

游平谷大华山

春风杨柳又复来，漫向长城燕山开。
大华山下添色彩，四海游客上亭台。
柴篱茅舍已无踪，石径清流今尚在。
农家盛餐同品酌，京郊美酒寄情怀。

第三辑　词与曲

天净沙·承德避暑山庄漫步

穿林度径花幽，沿湖步拱桥头，情侣搭肩挽手。幼童老叟，嬉戏打闹风流。

如梦令·菊花情定

又到秋分时令，莫道菊花黄冷。柳岸一相逢，心事情诗已定。谁省，谁省，笑看湖中双影。

江城子·游密云水库

库边马路秋风迎，草青青，水盈盈。拦河坝横，漫步赏山景。翠拥杨柳花香溢，笑声处，尽婷婷。

窃窃私语话真情，似长城，爱永恒。轻音乐声。小草若闻莺。石桥清波听鹤鸣，回头望，忆峥嵘。

行香子·腊梅

俏傲枝头，几多娇妍。望潮白河水芳怜。晨曦沃野，普照庄园。朔风呐喊，花依璨，光依艳。

多情梦幻，痴情笑脸，守一株抢眼亮点。立寒风中，演腊月篇。希冀春颜，报春意，展春欢。

玉楼春·夏之酷暑

屋外蝉鸣正酷暑，骄阳当头难驻足。丝扇紧摇汗湿衣，身在楼荫似烹煮。

一缕清风匆匆过，恰如瑶池尝仙果。心静如水若磐石，不识伏天兀自卧。

踏莎行·盘山

与友同行，学者带路，穿岩越壑沿溪度。葱葱古树跳松鼠，欣欣绿柏跑灰兔。

路转峰回，山横水竖，眺望古诗乾隆句。感慨美景在北方，也省跋涉少辛苦。

西江月·游昆明湖

一面青山宫秀，二潭碧湾水柔。晨曦映照碎银流，漾起涟漪轻抖。

松裹红房伫立，湖偕长廊画幅。中外游客笑驻足，聆听戏迷演奏。

鹧鸪天·给警花

能文能武警中花，走访入户真情洒。双休本是放松日，不忘社区百姓家。

随叔婶，踏朝霞，专心防范服务忙。平安北京万户知，治安联防人人夸。

卜算子·雨景

暴雨漫天洒，燕子躲房巢。水中帅哥助人行，路旁杨柳笑。

绿枝伴青松，挺拔显丰茂。南风融入燕山情，影像见新潮。

蝶恋花·恨别七月

独步怡园思万绪。苦寂群芳，迷茫前进路。绿柳千丝空自舞，红亭鸟雀栖无数。

恨别七月伤心谷。情愁何忧，挥泪红笺诉。几度空书孤身处，临窗望月明如初。

清平乐·望夏

枯槐老树，装点京密路。攀升燕山云起处，却见葡藤无数。

大暑已过多时，夏经何处谁知，试问同行游客，指看长城雄姿。

鹧鸪天·重回北京德胜门外警校感言

老眼观楼寻旧颜，少时情景几回牵。蝴蝶飘飞萦翠柳，喜鹊蛛尘驻树端。

情还在，房变迁。青苔池草尽漠然。绿柏一角默无言，怕惹回忆枉数年。

沁园春·顺义颂

潮白河畔，京东北端，绿港新城。瞰虹桥飞架，连接西东，银燕展翅，传情苍穹。公路纵横，串联华北，华夏大地万里行。通天下，辐五湖四海，宾客满盈。

顺义今朝繁荣。数燕京啤酒民族风。誉百年牛栏，顺鑫农业，鲲鹏食品，牵手京城。现代制造，贯通中华，驰走他乡留美名。包容心，缘民风淳朴，人杰地灵。

鹧鸪天·北京国际鲜花港菊花节

一片金黄显菊花，宛如潮涌吻丹霞。风飘华北清香溢，云卷燕山翠绿遮。

马路畅，穿游车。花海如画赛天宫。今朝新颜乡村美，喜浴秋色焕物华。

牛栏山抒怀

身披蓝，头顶云，巍峨峨，柱天阙。我吮潮白河水，鬓插北斗星明灭。朝阳杲杲开妆镜，玉梳拢，弯弯皎皎一新月。缕缕白云罩轻纱，片片红霞披锦结。烟渺渺，九重云霄献霓虹；雾蒙蒙，山石呼水舞银蛇。

念我牛栏山，阅千史、破万册；忆神州、数盈缺。斥倭寇，烧杀抢掠改我色。腥风凄雨满山倾，铁蹄践踏殷红血。愁闷闷，魔器惯长夜；志耿耿，壮怀待晓揭。

霹雳红光烈，喜华夏巨人长梦醒，庆中华儿女晓青史。抖长缨，气比长虹壮；缚倭鬼，神州黄尘歇。莽苍苍，春风普度牛栏翠；浩瀚瀚，华北沃野颂赞歌。谋发展，建设北京宏图展，以人为本创伟业。牛卧绿岭，龙腾天阙，勃勃英姿大展倍欣悦。颂党恩，唱和谐！

浣溪沙·咏白龙潭

龙潭瀑布落深处，积贮情感度春秋。岁月悠悠不言愁。

水中鱼群快乐舞，徜徉龙宫享自由。释放心怀出山流。

浣溪沙·绿港秋荷

晚秋残荷依气昂，仍扬败叶抗寒霜。余香丝丝沁绿港。

再忆燕京纯净水，潮白静脉水汤汤。珍藏藕节待春光。

南歌子·秋游随想

眼前秋天景，双眸放远开。京郊景致不言猜。秋高气爽田园尽色彩。

千亩菊花开，游客不枉来。徜徉北京鲜花港。赏花闻香男女乐开怀。

刊发于2011年10月12日《顺义时讯》

凤人松·龙潭湖公园之行

明珠镶嵌楼群中，水景挽翠屏。绿水清澈龙潭静，踏歌处、诗韵萦空。彩画木梁佳阁，彰显古都文明。

老舍故里古遗风，欣遇浩然翁。烤鸭鲜美茶甜醉，笑声朗，白酒连盅。互祝平安幸福，岁岁年年相逢。

水调歌头·秋游牛栏山

秋游牛栏镇，来访白酒村。金黄季节已至，听风阵阵。望见蜂飞蝶舞，处处色彩纷呈，尽显民风纯。潮白河水映，酒香百年魂。

观田园，望浅山，笑黄昏。酒乡古道尚在，已改旧时痕。探访窖房叠锦，更显酒韵清风，歌醉京城人。酒友弹古琴，举杯品清醇。

行香子·秋游香山

日照香炉，伫立京都。尖峰立，石路崎岖。耳闻京剧，曲飘烟沽。念曹雪芹、红楼梦、一生书。

满山红叶，苍松感叹。好风景，积贮情愫。秋霜飞露，历历在目。念十月秋、故园游、心永驻。

玉楼春·春色

春风善解菩萨意，二月柳芽迎头起。更见小草追梦回，相携温馨准时绿。

正午阳光高楼倚，玉树临风鸟惊喜。问春为何不言归，龙脉温泉东流水。

浣溪沙·顺义绿港行

绿草繁花柳岸妍，潮白河水彩虹边。莺飞鹊曲金秋天。

银燕腾起苍穹端，白鸽抒情翔蓝天。绿港揽胜创新卷。

踏莎行·赞巡警

晓月如钩，宿云作户，守护平安当更夫。城镇街区夜巡线，追星踏风吮露珠。

路转街回，笑声挂树，归来已是朝阳初。一杯开水慰风寒，赏心悦目尽知足。

顺义龙凤山流芳

桃色香，秋色显民间。且看龙凤山袒怀，华北丰采恁斑斓，风景耀田园。

江城子・游颐和园昆明湖

湖边小路秋风迎，柳青青，水盈盈。九曲桥横。行走辨天宫。花拥幽栏香飘飘，京胡响，听曲声。

朗朗笑语话曾经，寻繁星，亮晶晶。旧曲如梦。月季似闻莺。感慨昆明湖胜景，中外客，忆峥嵘。

行香子·京东大芦荡

曲径长堤，绿柳成行。日筛影，更显灵光。多眠水岸，芙蕖泛香。观花儿笑，鱼儿欢，燕儿翔。

多彩芦荡，游客徜徉。尽欢笑，曼舞歌唱。百味灵感，一吐诗行。秋风流韵，水流淌，泽流光。

蝶恋花·绿港

独步菊园思万绪。靓丽绿港，敢问田间路。绿柳飘飞空自舞，水岸兰亭鸟无数。

遥想当年红寺屋。思念何求，情对青石诉。几载年华花海谷，人间仙境七彩图。

水调歌头·重游北国长城

几载来雄关，兴奋登菸楼。真真朋友情意，轻松燕山游。漫漫长龙东去，莽莽盘身西飞，风景妙难收。凝神古城砖，姜女哭泪眸。

巨石矗，题言在，立金秋。串串汗水飘洒，不见游客愁。可知风霜雪月，谁溯勇士战旅，报国献鸿猷。重掬白河水，清洗白发头。

游顺义安利隆山庄有感

弯曲水泥路，悠悠甩长龙。两侧亭亭是白杨，沿道绿衬红。

往来游客多，情侣嬉笑中。清风林疏拂树丛，果蔬逐年丰。

鹧鸪天·观顺义新老铁路

远接蓝天近连地，贯通南北串东西。送迎四海客来往，跨越九州货转移。

强经济，赞顺义，新老铁路铁马驰。平原百里眺望远，座座金桥入彩霓。

鹧鸪天·同学聚会心语

倚田邻村曾同窗，高考一别天各方。相思远处飞双影，长城内外赏风光。

云满窗，夜凝望，苍穹明月映客房。相逢犹怕还相失，并坐桌前品茶香。

鹧鸪天·故乡行

眼望红房觅旧颜，儿时朦胧几回牵。蜂飞蝶舞寻柴篱，飞蝉蛛网上树巅。

记忆在，境非前，猪槽池草也成烟。秋风临门拂窗棂，怕惹绳尘忆少年。

西江月·观顺义滨河社区宣传墙

翠柳丝垂碧水，阳光辉映长廊。法眼世界显律章，闻得读声朗朗。

阅罢一墙故事，难忘细节评点。惊心动魄说方圆。法治天下橱窗。

踏莎行·秋游橘洲

翠柳依依，山影浮碧。晴空万里尽蓝色。洲头多现四海客，湘江北去湍流急。

芳草满目，佳人聚集。广场狂洒骚人墨。飘飘悠悠润橘香，律吹秋风展旌旗。

点绛唇·温榆杨柳

温榆河畔，流水缓缓向东南。铁桥飞架，碧波行船家。

徜徉绿港，百花飘馨香。入佳境，杨柳如画，游客尽潇洒。

卜算子·秋景

秋雨悄悄落，喜鹊登枝闹，京郊农民田园行，路边月季笑。

白杨抚绿柳，枝挺显风貌，北风吹拂馥香秋，云霞映芳草。

临江仙·金秋绿港

又见田畴金灿灿，秋日再换新装。丰收农家喜洋洋。三伸腰稻米，特色饭飘香。

眺望京郊林木秀，葱茏万亩长廊。潮白河水映霞光。枫叶靓新城，菊香萦绿港。

浣溪沙·农家赏秋

老宅玉米挂梁檐，西墙树影入阑干，半房金色半房欢。

浊酒三杯邀月醉，品茶四盏伴云眠，农家赏秋享清闲。

清平乐·秋游北京碧云寺

又见枫叶，霜染香山月。留影碧云人有约，银杏交相层叠。

聆听御竹轻鸣，紫藤松寄香盈。独守池边相望，别来秋日凝香。

清平乐·雨后秋夜

雨停云散，秋日天初晚。信步寻游出老院，眺望灯光点点。

晚秋月挂中天，流云貌似尘烟。风起吹落柳叶，衣薄方感天寒。

鹧鸪天·赞三伸腰稻

狐奴山下贡米稻，当思必定有其缘。特质米饭配家宴，故宫飘香丽人牵。

知史卷，溯本源，潮白河水润水田。而今东府百顷地，重现伸腰万民欢。

临江仙·莲花山滑雪场

脚踏滑靴奔雪原，莲花重叠晶冰。京郊牵动绿港情。田园显苍茫，热奶暖门丁。

又见青衣抖磬曲，穿越山体空灵。爆竹烟花雪撒庭。聆听北京腔，梦里话不停。

浪淘沙·颂扬十八大

神州展巨卷，世纪家园。改革开放结硕果，崛起中华伟业篇，国强民欢。

北京聚群贤，重任在肩。雄才大略谋发展，再现宏图续新传，富足长安。

点绛唇·爱心连连

水浪滔天，燕山脚下哀声怨。水魔心乱，夺路城乡漫。

党政出征，军警齐参战。家重建，爱心连连。万民声声赞。

临江仙·金秋与重庆朋友游览潮白河

风筝召唤秋天到，悄悄表白思恋。潮白河面锦鲤欢。游客划船快，戏水彩虹端。

岸石翘首人作和，浪花轻轻拍岸。条条涟漪向河边。灿若景色多，影迷共凭栏。

渔家傲·题秋思

根在花市非俗卉，却来农家谁与配？不与村姑比姣美，轻步履，天生丽质人陶醉。

飘裙芳魂身高贵，痴心一时为情累。挥笔东方该问谁？秋风回，举情不定显憔悴。

后　记

这些年来，我一直用警察特有的目光和耳朵，在诗歌诗词的园地里守护着、观望着、聆听着，情不自禁地播下了诗歌诗词的种子，并尽量抽出时间在这片土地上开拓、耕耘。

作为一个诗歌诗词作者，我总感觉，要想写好诗歌，只有尽心体验生活，感受诗歌诗词的情怀、诗歌诗词的语言、诗歌诗词的气息和诗歌诗词的气韵之后，才能自然生成传承文化的气脉。

生活就像一首诗，祖国的各种名胜古迹、森林湖泊、山河江海，是生活赐予人类的最为直接的感官记忆。

写了三十多年了，如何让自己从老祖宗那里继承下来的诗词与现代诗歌接轨，这是一个诗作者必须认真思考的问题。我为此作了多年的努力，即使看起来效果不是很明显，但学习和实践的过程却让我受益匪浅，至少为后人提供了循序渐进的努力方向。

中华民族的诗歌诗词传统太强大了，以致可以轻易地淹没一些根基浅显的诗人的才情。因而，想要有效地进入古老程序并激活传统，就要不断地向生活学习，必须亲自尝试着用一些看起来传统的材料，去刻画生活的画面，用自己的能力让诗歌的空间变宽，让现实生活转变成为人们业余文化生活的正能量。

写作诗歌诗词的路还很漫长，但这是我们这一代人的幸运，因为现实生活的氛围磨砺了我们的定力，看着每天都在不断变幻的事情，至少让诗人有事可作。

作为一个诗歌诗词写作者，体验着灵感来袭的狂喜时刻，体验着诗歌诗词自行生效的瞬间，体验着诗歌诗词传统的有效加入，尽情感受着生活迸发的灵感碎片，自由活跃于一显身手的空间。

感谢我高中时代的语文教师王永学先生，感谢《诗刊》杂志社的李小雨诗人，感谢那些为此诗集能够顺利出版而默默奉献的所有人，有了你们，我更加坚定了写好诗歌诗词的信心。

2013 年 4 月 1 日